가마톨
스타일

• 이 도서의 국립중앙도서관 출판시도서목록(CIP)은 e-CIP홈페이지(http://www.nl.go.kr/ecip)와 국가자료공동목록시스템(http://www.nl.go.kr/kolisnet)에서 이용하실 수 있습니다. (CIP제어번호: CIP2014020531)

은행나무
노 벨 라
01

가마톨 스타일

배명훈 소설

은행나무

:: 차례 ::

일탈한 로봇의 심리상태

　모든 로봇은 일탈을 합니다. 그렇다고들 합니다. 하지만 아직
까지 일탈을 할 만큼 똑똑한 로봇 자체가 거의 생산된 적이 없
다는 점을 생각하면, 이 말이 사실일 가능성은 별로 없습니다.
그보다는 그냥, 사람들이 로봇을 어떻게 생각하는지를 보여주
는 말에 가깝다고 할 수 있습니다.

　사람들은 로봇이 일탈할 거라고 믿습니다. 물론 기계는 일탈
하지 않습니다. 기계라는 건 정해진 방식대로 반복해서 움직이
는 법이니까요. '기계적'이라는 말도 있듯이, 기계는 일탈을 하
지 않기 때문에 기계입니다. 하지만 기계가 로봇이 되는 순간,
사람들은 그 기계가 반드시 사람들의 통제를 벗어나고 말 거라

고 생각하고 심지어 두려워하기까지 합니다.

　기계는 뭐고 로봇은 또 뭘까요?

　로봇은 마음입니다. 어떤 기계가 너무너무 복잡해져서 좀처럼 이해할 수 없는 방식으로 작동하기 시작할 때, 사람들은 그 기계가 마음을 가지고 있다고 믿어버립니다. 물론 그 기계를 아주 잘 아는 기술자라면 좀 다르게 생각하겠죠. 겉으로 보기에 아무리 복잡해 보이더라도 하나하나 따져보면 이해할 수 없는 일은 아무것도 일어나지 않았다고 말할지도 모릅니다.

　하지만 세상에서 제일 실력이 뛰어난 기술자조차도 이해할 수 없는 일이 일어난다면 그때는 어떨까요? 세상에서 제일 유명한 과학자나 기술자가, 아니 그 사람들 전부가 달라붙어도 좀처럼 이해할 수 없는 일이 일어난다면 그때는 그 일을 어떻게 설명해야 할까요? 마음이라고 해도 좋을까요? 기계적인 동작들이 쌓이고 쌓여 마침내 정신이 출현했다고 말해도 좋을까요?

　지표면연합(UES) 사령부 특별수사팀 수사관인 민소는 그런 고민에 빠져 있었습니다. 일탈한 로봇이 인간의 통제를 벗어나 기계 특유의 번식력을 발휘해 지구 전체를 뒤덮을 만큼 그 수를 늘린 다음, 마침내 인류를 물리치고 세상을 지배하리라는 오래된 예언들. 그런데 뭔가가 이상합니다. 그가 추적하고 있는 대상인, 전장에서 이탈해 모습을 감춰버린 공격형 전투로봇 가마틀에 관해서라면, 그 오래된 예언들은 어딘지 앞뒤가 맞지 않습니다. 왜일까요? 이유는 간단합니다. 가마틀은 원래부터 인류를 공격하고 세상을 지배하기 위해 만들어진 로봇이기 때문입니다.

물론 그건 가마틀 혼자만의 이야기가 아니었습니다. 가마틀의 쌍둥이형제들도 다 그랬거든요. 미친 천재 과학자 미야지마 상의 말도 안 되는 야욕 때문이었습니다. 세계를 정복하고야 말겠다는 헛된 망상.

가마틀의 형제들은 아무도 일탈을 하지 않았습니다. 가마틀을 제외한 오백서른아홉 대의 공격형 로봇 모두는 마지막 순간까지 조금의 망설임도 없이 인간을 상대로 한 전쟁을 계속해나 갔습니다. 도심에 침투한 로봇 군대가 인구밀집지역을 쑥대밭으로 만든, 그 유명한 마드리드 사태에 관한 이야기입니다.

그 끔찍한 전투의 기억이 사람들의 머릿속에 잠재해 있던 오래된 예언들을 다시 일깨웠습니다. "모든 로봇은 일탈한다. 그리고 그 로봇은 인류를 공격할 것이다."

하지만 단 한 대만은 예외였습니다. 마드리드 사태가 일어나던 순간 전장에서 사라져버린 단 한 대의 전투로봇, 가마틀만은.

마드리드 사태가 일어나고 한 달이 지났을 무렵, 미친 과학자 미야지마 상의 로봇생산시설을 조사하던 지표면연합 특별수사팀은 깜짝 놀랄 만한 사실을 발견했습니다. 미야지마 상의 무시무시한 인류공격명령이 각인된 전투로봇 한 대가 전투가 시작된 지 십오 분 만에 전장자동통제시스템의 통제를 벗어나 완전히 종적을 감추었다는 사실을 알게 된 것입니다.

그 소식에 세상 사람들은 모두 두려움에 떨었습니다. 마드리드 사태 같은 끔찍한 일이 언제 어느 곳에서 다시 벌어질지 몰랐기 때문입니다. 일탈한 로봇 가마틀. 가마틀은 곧 인류 전체의 적이 되었습니다. 지표면에 있는 모든 군대에, 나라를 지키거나 지배자의 사리사욕을 채우는 것 외에 한 가지 목표가 더 추가되었습니다. 바로 가마틀을 제거하는 일이었습니다.

하지만 민소는 아무리 생각해도 그 일이 이해가 안 갔습니다. 가마틀이 일탈했기 때문에 위험한 상태일 거라는 사람들의 믿음은 앞뒤가 안 맞았습니다. 원래 사람들을 공격하기 위해 만들어진 로봇이 원래의 프로그램대로 움직이지 않고 일탈을 감행했다는 말은, 바꾸어 말하면 그 로봇이 더는 사람을 공격하지 않기로 마음을 고쳐먹었다는 말이 되기 때문입니다.

그는 굳게 믿었습니다. 가마틀은 절대로 사람을 공격하지 않을 거라고. 그러나 그 역시 그다음에 일어날 일은 전혀 알 수가 없었습니다. 전장을 벗어난 가마틀은 도대체 어디에서 무슨 일을 하고 있을까요? 아직 살아 있기는 한 걸까요? 동력을 제때 구하지 못해 어딘가에서 쓸쓸히 가동이 중지되어버린 건 아닐까요?

민소는 은수를 찾아갔습니다. 은수는 민소의 특별수사팀에 기술자문을 해주곤 하는 실력 있는 인공지능기술자입니다. 이번에도 민소는 은수에게, 일탈한 로봇의 마음에 관한 자문을 의뢰했습니다. 은수도 적극적인 관심을 보이며 흔쾌히 그 일을 맡았습니다. 그게 벌써 일주일 전의 일이었습니다.

은수가 말했습니다.

"나도 아직은 이해가 안 가는 부분이 많아. 공격명령이 해제되지도 않았는데 어째서 전장을 이탈한 걸까. 그 명령 말이야,

아직도 그대로 남아 있을 가능성이 크거든. 그게 해제되지 않았는데 전장을 이탈했다는 건, 전장을 이탈한 행동이 그날 아침에 가마틀에게 각인된 명령을 수행하는 데 도움이 되는 일이었을 수도 있다는 뜻이야. 다른 데로 몸을 숨긴 다음에 그 최종 목표를 달성하는 데 필요한 일들을 꾸미고 있을 수도 있다는 거지. 그런데 그게 뭔지 모르겠어."

민소는 말없이 고개를 끄덕였습니다. 별로 새로운 이야기는 아니었습니다. 다른 사람들도 모두 그렇게들 생각하고 있었기 때문입니다. 민소는 일주일 전에 자문을 의뢰할 때 은수에게 부탁했던 일들에 대해 물었습니다.

"정말로 일탈했다고 생각해? 가마틀 같은 로봇한테 일탈한다는 게 무슨 의미지?"

은수가 웃으며 말했습니다.

"너는 사춘기 때도 반항 한번 안 해봤지, 참? 공학적인 의미에서 일탈이라. 사실 그게 학술적인 개념은 아니고, 그냥 신문이나 정부보고서에서 떠드는 소리라 엄밀하게 정의가 안 돼 있긴 한데, 음, 아무튼 일탈했을 가능성은 별로 없어 보여."

"뭔가 찾아냈어?"

"응. 이거. 그 전장자동통제시스템에 들어 있는 개별 전투로봇 점검 항목 같은 건데, 여기에 재밌는 게 있어. 이거 봐."

민소는 은수 곁으로 다가가 은수 손에 들린 자료를 유심히 들여다보았습니다. 은수가 자료를 손으로 가리키며 말했습니다.

"이건 통신망 접속상태 확인하는 거고, 이건 전기장치, 엔진, 여기가 무기체계고, 발열상태 확인하는 것도 있고, 이건 충돌 손상감지기, 뭐 이런 식인데, 여기에 이상한 게 하나 끼어 있어. 이거."

민소는 은수가 가리키는 곳을 뚫어지도록 바라보았습니다. 정말로 이상한 항목이 들어가 있었습니다.

"존재?"

"응, 존재."

"존재를 확인한다는 거야? 전장자동통제시스템이?"

"신기하지? 미야지마라는 사람, 알려진 것보다 훨씬 더 독특해. 이게 무슨 의미냐면, 이 로봇들, 자존감이 확실하다는 거야. 이걸 만든 인간을 천재라고 해야 하나, 그냥 당연한 일을 한 거라고 해야 하나. 로봇이니까 스스로 자기 몸을 점검할 수 있잖

아. 동력이 몇 퍼센트나 남았는지, 어느 관절이 얼마나 손상을 입었는지, 임무수행이 가능한 상태인지, 후방기지로 돌아가야 할 상황인지. 그거 점검하듯이 존재를 점검하게 한 거야. 자기 안에 들어 있으니 당연히 스스로 감지할 수 있다는 식의 진짜 공학자다운 접근방식인 셈이지. 로봇 입장에서, 자기 안에 영혼이 들어 있는지 없는지 알아내는 건 배터리가 27.132261퍼센트 남았다는 사실을 확인하는 것만큼이나 쉽다는 거야. 영혼은 몇 퍼센트씩 나뉘어서 존재하는 게 아니고 통째로 있거나 없거나 하기 때문에 사실은 배터리 잔량을 확인하는 과정보다 훨씬 더 간단하다는 거지. 내 생각에는, 그럴듯해."

"그러니까, 일탈은 아니라는 거야?"

"이 경우에 일탈을 공학적으로 어떻게 정의해야 될지 아직 잘 모르겠는데, 글쎄, 인간적인 방식으로 접근한다고 쳤을 때, 자존감이 확실하다면 적어도 사춘기 소녀처럼 일탈하는 일은 없을 것 같지 않아?"

"그렇게 되나?"

"싱거운 결론이라고 생각하는 거야? 이런 식으로 이해해봐. 일탈이나 사춘기 같은 건 말이야, 포유류처럼 태어나는 순간에 불완전한 자아를 가지고 세상을 대면해야 하는 존재에게서나 일어나는 일이야. 스스로 아이라는 걸 아니까, 그러니까 기나긴 성장의 시간을 앞두고 있으니까, 현재의 불완전한 자아와 미래의 완성된 자아 사이에서 갈등을 겪는다고 해야 되나. 자세한 건 잘 모르겠지만, 아무튼 이 로봇들은 그게 아예 없다는 거야. 처음 가동되는 순간부터 완전체라고. 낡아가는 게 걱정될 수는 있겠지만 성장하는 게 두렵지는 않을걸."

"그렇군. 그럼 그것도 알 수 있어? 태어나는 순간부터 쭉 간직하게 되어 있다는 그 완성된 자아 말이야. 어떻게 생겨 먹었어?"

"그러게. 나도 찾고 있어. 어딘가 있을 텐데. 찾기가 쉽지는 않겠지? 찾으면 연락할게."

피해자들

사건은 점점 더 미궁 속으로 빠져들어갔습니다. 가마틀은 도대체 어디로 사라졌을까요?

신뢰할 만한 단서는 아직 발견되지 않았습니다. 하지만 믿어도 될지 어떨지 알 수 없는 단서들은 엄청나게 많았습니다. 전 세계에서 쏟아져 들어오는 어마어마한 양의 제보들 때문이었습니다.

가마틀에 관한 소식이 세상에 알려진 뒤로 매일 삼백 명이 넘는 사람들이 가마틀을 봤다는 제보를 보내왔습니다. 모스크바에서도, 델리에서도, 방콕 외곽의 작은 공장지대에서도, 세비야의 어느 뒷골목에서도. 하루 종일 붙어 있어도 다 못 읽을 만큼 많은 수사보고서들이 특별수사팀 사무실에 쌓여갔습니다. 민소는 그 서류 뭉치들을 보면서 이런 생각을 했습니다.

'순 엉터리! 예전 같으면 귀신이나 외계인을 목격했다고 우겼을 사람들이 이제는 전부 가마틀을 봤다고 주장하는 걸 거야. 이것만 붙들고 있어서는 답이 안 나오겠어. 다른 방법을 찾아야 할 텐데.'

그는 서류 뭉치를 뒤져서 단순 목격담이 아닌, 직접 피해를 입었다는 사람들에 관한 기록을 따로 분류했습니다. 그리고 그 중에서도 서로 공통점이 있어 보이는 자료들을 다시 한 번 추려냈습니다.

톨레도, 프라하, 상하이, 안탈리아, 벵갈루루, 타슈켄트, 시드니, 아바나, 그리고 쿠알라룸푸르까지. 그가 추려낸 보고서 안에 들어 있는 피해 발생 지역은 거의 공통점을 찾을 수 없을 만큼 세계 곳곳에 마구잡이로 흩어져 있었습니다. 일관성을 기대하기 힘든 지리적 분포를 보였다는 이야기입니다. 그런데 놀랍게도 피해자들의 증언에는 공통점이 있었습니다. 그래서 더 그럴듯해 보였습니다. 서로 멀리 떨어져 있는 아무 상관 없어 보이는 사람들이 적당한 시간 간격을 두고 거의 비슷한 이야기를 하고 있다면, 정말로 그런 일이 일어났던 게 아닐까 한 번쯤 의심해보는 게 정상일 테니까요.

피해자들의 증언은 대개 이런 식이었습니다.

"길을 가다가 납치됐어요. 밤이었는데, 인적이 드문 곳이었죠."

"당시 보거나 들은 게 있나요?"

"뭔가 차갑고 육중한 물체가 몸을 휘감았는데, 금방 눈이 가려져서 형체를 정확히 알아보지는 못했어요."

"납치된 뒤에는 어디로 이동했나요?"

"이동이랄 것까지는 없었어요. 납치라고는 하지만, 먼 데로 간 건 아니고, 길가에서 조금 떨어진 곳으로 자리를 옮긴 정도였죠. 어딘가 건물로 들어간 건 아니고요. 그러니까 처음부터 감금할 생각은 없었던 것 같아요."

"그다음에는 무슨 일이 일어났나요?"

"공격을 당했어요."

"곧바로 공격하던가요?"

"네. 망설이거나 하지 않았어요. 눈을 가리고 있어서 잘 보이지는 않았지만 익숙한 손놀림이었어요."

"어떻게 공격당했죠?"

"그게, 뜨거웠어요. 얼굴이. 얼굴을 공격당했어요."

"얼굴만 공격당했나요?"

"예. 얼굴만. 다른 데는 멀쩡했어요."

"고통스러웠나요?"

"예. 불로 지지는 듯한 고통이었어요."

"저항했나요?"

"아니요. 마취가 된 것 같았어요. 공격당한다기보다는 실험당하고 있다는 느낌이 들었어요."

"어떤 실험이죠? 묘사할 수 있나요?"

"잘 모르겠어요. 다만 나중에 도망친 로봇 이야기를 듣고 나서는, 그 로봇이 피부 샘플을 모으고 있었던 게 아닌가 하는 생각이 들었어요. 피부를 벗겨내는 듯한 느낌이었거든요."

"그 당시에 그런 생각이 들던가요? 아니면 나중에 생각해보니 그런 것 같던가요?"

"잘 모르겠어요."

십오 분 정도 피해자 면담보고서를 읽다가, 민소는 문득 재미있는 사실 하나를 발견해냈습니다. 그것은 바로, 피해자들이 전부 여자들이라는 사실이었습니다. 가마틀은 무슨 일을 꾸미고 있는 걸까요. 아니, 그보다 그 사람들의 증언이 전부 사실이기는 할까요?

　민소는 은수가 한 말을 떠올렸습니다. 태어나는 순간부터 이미 완전한 자아를 지닌 로봇. 은수도 아직 어떻게 생겼는지 모르겠다던 전투로봇 가마틀의 완성된 자아. 민소는 은수에게 전화를 걸어 이렇게 말했습니다.

　"뭔가 알아낸 것 같아."

　"그래?"

　"응. 가마틀의 자아 말이야, 다른 건 몰라도 한 가지는 분명해."

　"뭔데?"

　"성정체성이 있어."

　"응? 그래? 남자야, 여자야?"

　"글쎄. 어느 쪽일까. 그건 나도 잘 모르겠는데."

　그래도 한 가지는 확실했습니다. 목적이 뭐가 됐든, 가마틀

스스로가 어느 쪽에 정체성을 두고 있든, 아무튼 남녀의 경계를 분명하게 인식하고 있다는 점이었습니다. 도대체 가마틀의 목적은 무엇이었을까요?

'얼굴을 바꾸려는 게 아닐까. 여자 얼굴로.'

민소는 그렇게 추측했습니다. 어쩌면 가마틀의 마음은 여자의 마음에 가까울지도 모른다는 생각이 들었습니다. 묘한 느낌이었습니다.

'여자의 마음이라……'

그 생각이 내내 머릿속을 맴돌았습니다. 여자들의 마음. 은수같은.

그래서였을까요. 밤늦게 일을 마치고 집으로 돌아가는 길에, 민소는 문득 은수를 떠올렸습니다. 어린 시절의 은수를.

은수는 어렸을 때부터 키가 컸습니다. 민소는 또래 아이들보다 키가 좀 작았고요. 민소는 은수가 좋았습니다. 어느 날 은수가 같은 동네로 이사 온 그날부터 민소는 은수 주위를 맴돌았습니다. 하지만 나란히 선 적은 별로 없었습니다. 학교까지 나란히 걸어간 적도 없었고요. 용기가 안 나서 그랬다고 해도 틀린 말은 아니었지만, 사실은 그보다 중요한 이유가 하나 더 있었습니다. 바로, 키였습니다.

"나는 어렸을 때 네가 나 싫어하는 줄 알았어."

언젠가 은수가 그렇게 말했습니다.

"내가? 아닌데. 졸졸 따라다녔잖아."

"피하는 건 줄 알았다니까. 아예 눈에 안 보이는 데 있는 것도 아니고, 굳이 근처까지 와서는 더 가까이 오지도 않고 어중간하게 떨어져서 걸어가고 그랬잖아."

"내가 그랬나?"

민소는 말끝을 흐렸습니다. 하지만 사실 민소는 은수의 기억이 정확하다는 사실을 잘 알고 있었습니다. 정말로 그랬거든요. 더 가까이 다가가지도 못하고 늘 주위에서 어슬렁어슬렁. 그게 다 키 때문이었습니다. 도저히 은수 옆에 나란히 설 수가 없었거든요. 그랬다가는 남자로 보이기는커녕, 두세 살쯤 차이 나는 누나 동생 사이로 보일 게 분명했으니까요.

하지만 세월이 한참 지난 뒤에, 민소는 은수가 자기보다 오 센티미터나 작은 남자와 결혼을 한다는 사실을 알게 됐습니다. 그날 결혼식장에서, 민소는 신랑 신부가 행진하는 길 바로 옆에 서서 세 사람의 키를 비교해보았습니다. 그날 민소는 은수보다 십 센티미터나 더 커져 있었습니다. 분명 은수는 굽 높은 구두를 신고 있었을 텐데도 말이죠.

'이제 나란히 서 있어도 괜찮을 텐데.'

은수는 그렇게 어디론가 사라졌습니다. 민소보다 조금 작은 사람 좋게 생긴 남편과 함께.

그리고 세월이 좀 더 지난 뒤에 두 사람은 수사관과 기술자문위원으로 다시 만났습니다. 민소는 어쩐지 사람 좋아 보이던 은수네 남편이 신경 쓰여서 은수를 만나서 이야기를 나눌 때면 종종 그 사람의 안부를 묻곤 했습니다.

그러던 어느 날이었습니다. 은수가 갑자기 민소의 말을 중간에서 자르고는 평소에는 좀처럼 들을 수 없는 신경질적인 목소리로 이렇게 말하는 것이었습니다.

"야! 너는 왜 그렇게 눈치가 없냐? 헤어졌다고. 꼭 이렇게 말로 해야 알겠어? 그 인간 안부 좀 그만 물어. 걔가 뭐하고 사는지 내가 어떻게 알아?"

"응?"

"이혼했다고, 이혼! 딱 칠 개월 살고 갈라졌다고. 묻지 마 좀.

모른 척하고 넘어가. 다른 사람들 다 그러는 거 안 보여?"

연구실 앞 복도, 굽 없는 슬리퍼를 신고 있는 은수. 가까이에서 보니 은수는 꽤 작았습니다. 아니, 은수가 작아진 건 아닌데, 민소는 어쩐지 자기 키가 갑자기 더 커진 것만 같았습니다.

'드디어 나도 완전한 자아가 된 걸까? 성정체성이 있는?'

민소는 고개를 세차게 흔들었습니다. 그리고 날이 밝으면 은수를 찾아가서 가마틀의 자아에 대해 뭔가 알아낸 게 있는지 물어봐야겠다고 생각했습니다.

공장

다음 날 아침 민소가 찾아갔을 때 은수는 졸음기 가득한 눈으로 민소를 맞이했습니다.

"아침부터 찾아오다니. 아직도 연구소라는 데가 어떤 덴지 분위기 파악이 안 되나보네."

"벌써 아홉 시 반인데?"

"넘어가자. 그나저나 우리 수사관님께서 너무 일찍 나타나셔서 자료 정리가 하나도 안 돼 있네. 뭘 내놓으면 좋을까."

"정리는 필요 없어. 그냥 지금 상태대로 보여줘."

"그래? 그런데 이게 사람 말이 아니라서 말이야. 알아볼 수 있으려나. 아, 그거 보면 되겠다. 미야지마 박사네 로봇생산시설에서 내부자료로 만든 건데, 영상자료야. 완전 자동화된 공장에서 내부자료는 왜 만들었는지 모르겠지만. 미야지마 본인이 추억으로 간직하려고 만든 건가."

은수는 불을 끄고 커튼을 친 다음 연구실 한쪽 벽에 영상을 비추었습니다. 그러고는 방 안이 어두워지자 책상 뒤편으로 몸을 숨기며 이렇게 말했습니다.

"한 이십 분쯤 될 거야. 끝나면 깨워. 전화 오면 좀 받아주고. 회의 중이라고 하면 돼."

민소는 가만히 숨을 죽인 채 연구실 벽을 바라보았습니다. 가마틀과 그 쌍둥이로봇들의 자아. 그들을 창조한 사람이 그들 하나하나의 마음속에 각인시키려 했던 자아의 이미지가 한쪽 벽면을 가득 채우고 있었습니다.

미야지마 상의 야망을 실현해줄 최첨단 비밀무기. 오로지 싸움을 위해 태어난 충성스러운 로봇군단이 하루에 열두 대씩 조립되는 모습이었습니다.

가마틀도 바로 그 공장에서 태어났습니다. 가마틀과 쌍둥이 형제들은 그 공장을 아빠라고 부르는 모양이었습니다. 왜 엄마라고 부르지 않았는지는 알 수가 없었습니다. 아마 정이라고는 느껴지지 않는 매정한 공장로봇이어서 그랬던 건지도 모르겠습니다.

로봇을 만드는 로봇, 커다란 기계몸에 조그만 마음을 가진 무뚝뚝한 아빠공장로봇이 가마틀의 머릿속에 불어넣어준 생각이란, 그저 무엇이든 부수고 불사르고 없애버리라는 것뿐이었거든요.

그러니까 가마틀은 이 세상에 태어나는 순간부터, 아니 세상에 태어나기 훨씬 전 설계 단계에서부터 이미 완전한 전투로봇이었습니다. 특수합금으로 된 단단한 몸체에, 지칠 줄 모르는 두 개의 파워엔진, 두려움 같은 건 아예 한 번도 입력된 적이 없는 공격성 강한 전자두뇌를 가진.

이제껏 그렇게 용감한 전사는 단 한 번도 세상에 나타난 적이 없었습니다. 지구상에 존재했던 그 모든 인간들과, 초원을 지배했던 그 모든 맹수들, 심지어 그 길고 매서운 빙하기 내내 눈 덮인 숲을 호령하던 세상의 모든 용감한 침엽수들을 다 포함해도 마찬가지였습니다.

그 누구도 우리의 용감한 가마틀과 그의 쌍둥이형제들에 대적할 수는 없었습니다. 그게 바로 그 영상의 내용이었습니다.

실제로 가마틀의 마음속에 그것과 똑같은 자아가 각인되어 있는지는 알 방법이 없었지만, 은수가 잠에서 깨어나기 전까지는 물어볼 곳조차 마땅치 않았지만, 적어도 미야지마 상이 가마틀에게 어떤 마음을 주입하려 했는지는 알 수 있을 것 같았습니다. 최후의 순간까지 절대 물러서지 않는 강인한 정신!

민소는 마드리드 사태를 떠올렸습니다. 마지막 한 대가 파괴될 때까지 끝내 항복하지 않았던 무시무시한 전투로봇들. 결국 엄청난 인명피해를 내며 인류 역사상 가장 참혹한 테러사건 중 하나로 남은 그 끔찍했던 현장을.

영상이 끝나갈 무렵 은수가 몸을 일으키며 말했습니다.

"어때? 가마틀한테도 성정체성이라는 게 있다면, 여성적이기보다는 아무래도 남성적일 가능성이 높지 않을까?"

민소는 고개를 끄덕였습니다.

"저걸 굳이 남성성이라고 부르는 게 맞는지는 잘 모르겠지만."

그렇습니다. 그런 건 전혀 남자다운 게 아니었습니다. 아니, 아예 인간의 감정이 아니었습니다. 남성성이라기보다는 차라리 야만성 아니면 야수성에 가까운 정체성이었습니다. 어쩌면 그런 공격성 자체가 가마틀이 가진 가장 강력한 무기인지도 모를 일이었습니다.

물론 가마틀의 위력은 그게 다가 아니었습니다. 가마틀의 오른팔에는 이제껏 다른 어떤 생명체에게도 주어진 적 없는 놀라운 무기가 장착되어 있었습니다.

은수가 물었습니다.

"저거 조사해봤어? 저 팔."

"아니, 아직."

연구실 벽에 비친 미야지마 상의 영상자료에서는 그 무시무시한 무기의 모습이 자세한 설명과 함께 흘러나오고 있었습니다. 민소가 혼잣말처럼 말했습니다.

"저 정도였어? 저건 그냥 중화기 수준이 아닌 것 같은데."

"그렇지? 말로는 숱하게 들었어도 영상으로 보니까 더 어마어마하지? 특수장비야. 그 공장에서 생산된 전투로봇 오백사십 대 중에 딱 열두 대에만 장착된 중화기라는데. 어때? 이쪽도 좀 더 자세히 조사해봐야 되지 않을까?"

은수의 말에 민소는 다시 한 번 고개를 끄덕였습니다. 그러자 은수가 하품을 하며 말했습니다.

"지금 그거, 알았다는 뜻이지? 좋아, 그럼 그쪽은 네가 맡아. 나는 그 아빠공장 쪽이 더 궁금하거든. 내가 그쪽 맡아도 되지?"

"그래. 내가 너하고 역할분담까지 해야 하는 입장은 아니지만, 이번에는 그렇게 해."

"까다롭긴. 그쪽도 우리 직장 상사 아니시거든요. 그냥 돈 주는 사람이지. 그런데 이 공장 말이야, 자료 보내달라 그랬더니 데이터베이스만 대강 긁어다 보내준 모양인데, 목록화가 안 돼 있는 게 너무 많아. 직접 가서 좀 보고 필요한 건 가져오든지 해야 될 것 같은데, 이참에 출장비도 승인해줄 거야? 너네 회사 요즘 좀 빡빡하게 굴더라고."

"아, 또 어디서 횡령사건 터져서 그렇지 뭐. 감사가 빡빡하기는 한데 이번 건 걱정 안 해도 돼. 돈 잘 나오는 사건이니까, 그 정도야 뭐. 갔다 와."

민소는 은수의 얼굴을 바라보며 흔쾌히 대답했습니다. 그때만 해도 두 사람은 그 출장이 어떤 결과로 이어질지 전혀 예상하지 못하고 있었습니다.

그로부터 사흘 뒤에, 민소는 비행기를 타고 미야지마 상의 무기공장으로 날아갔습니다.

미야지마 상의 야망은 세계를 정복하는 것이었습니다. 이를 위해 그는 스페인과 터키, 인도, 태국 그리고 중국 등지에 거대한 지하공장을 서른한 개나 갖고 있었습니다.

각각의 공장에서는 아주아주 정교하고 복잡한 기계 부속품들을 만들었는데, 그 부품들을 모두 조립했을 때 무엇이 만들어질지 정확히 알고 있는 사람은 미야지마 상이 유일했습니다. 미야지마 상이 가장 총애하던 스페인 공장의 공장장인 코미넥 씨도 거기까지는 알지 못했습니다.

미야지마 상은 세계 곳곳에서 만들어진 부속품들을 다시 배에 실어 여기저기로 실어 날랐습니다. 스페인에서 터키로, 터키에서 중국으로, 중국에서 인도로, 인도에서 다시 태국이나 스페인으로, 그의 로봇 부품을 실은 화물선들은 거의 온 세상 바다를 다 휘젓고 다녔습니다.

유통경로가 어찌나 복잡했던지 마드리드 사태가 일어난 지한참이나 지난 지금까지도 정확한 경로를 파악하기가 힘들 정도였습니다. 가끔은 미야지마 상 자신도 헷갈릴 정도였거든요.

그나마 그 미야지마 상마저도 스스로 목숨을 끊고 말았으니, 이제 그 일은 거의 손을 댈 수 없을 만큼 엉망이 되어 있었습니다.

그리고 이런 사정은 아마 당시 부품 생산에 참여한 사람들도 마찬가지였을 것입니다. 그들 역시 그 부품들이 그런 끔찍한 무기로 사용될 수 있다는 사실은 꿈에도 생각하지 못했을 것입니다. 미야지마 상의 서른한 번째 지하공장이자 최종 조립라인인 대만 공장 사람들을 제외하고는 말이죠.

그런데 그곳 대만 공장에는 사실 사람이 아무도 없었습니다. 완전히 자동화된 로봇공장이었으니까요. 세계 곳곳에 퍼져 있는 미야지마 상의 지하공장에서 만들어진 부품들을 조립해서 마침내 완제품으로 만들어내는, 완전히 자동화된 최종 생산시설. 반쯤 조립이 끝난 부품들을 포함해서 모두 삼십이만 오천 사백칠십칠 개나 되는 부품들을 모아 완제품으로 조립하는 데 겨우 여섯 시간밖에 걸리지 않는 최첨단 생산라인이 무려 세 개나 들어 있는 거대한 로봇공장.

하지만 민소가 찾아간 곳은 그곳이 아니었습니다. 미야지마 상의 서른한 개의 지하공장 중 하나인, 프라하 근교의 특수무기 제조공장이었습니다. 가마틀을 포함한 열두 대의 전투로봇

에만 장착된 그 무시무시한 광학무기를 생산했던 곳.

그곳 사람들은 UES 수사관이 방문했다는 사실에 기분이 상한 눈치였습니다.

"이 지역 사람들 중에 그 공장에서 일한 사람은 한 사람도 없다는 사실을 분명히 해주셨으면 합니다. 자칫하다가는 쓸데없는 오해를 살 수 있으니까요."

프라하 시장이 말했습니다. 일리가 있는 말이었습니다. 그곳역시 미야지마 상의 마지막 공장처럼 완전히 자동화된 공장이었기 때문입니다. 그 말은 곧 미야지마 상의 입장에서 아주 중요한 일들이 일어난 장소였다는 뜻이기도 했습니다. 그의 야망을 실현시키기 위한 아주아주 중요한 일들이.

민소는 공장을 쭉 한번 둘러본 다음 부품 주문 내역과 생산설비 현황, 전력수요 예측보고서 같은 자료들을 검토했습니다. 그리고 이런 결론에 도달했습니다.

'그 무기, 열두 대에만 장착하려고 한 게 아니야. 시간이 좀더 있었으면 다른 로봇들에게도 전부 장착할 계획이었어. 이계획대로 됐으면 정말……'

생각만 해도 끔찍한 일이었습니다. 민소는 반쯤 조립되다만 LP13 레이저 발사장치를 보면서 고개를 설레설레 흔들었습니다.

잠시 뒤에 현장통제를 맡고 있는 지표면연합 동유럽 사령부 소속 정보장교가 레이저무기 시험장으로 민소를 안내했습니다. 땅속에 들어와 있다는 느낌이 전혀 안 들 만큼 광대한 지하시설이었습니다. 민소는 얼굴을 다 덮는 커다란 보호마스크를 쓰고, 지표면연합 사령부가 임시로 만들어놓은 관람석에 앉아 시험발사를 기다렸습니다.

사이렌이 울리고, 곧 시험발사가 시작될 예정이니 모두 충격에 대비하라는 경고방송이 나왔습니다. 그러자 시험장 한쪽에서 LP13 레이저포가 모습을 드러냈습니다. 커다란 안정장치에 고정되어 있긴 했지만, 레이저포 자체는 그다지 크지가 않았습니다. 전투로봇의 팔에 장착할 무기였으니까요.

"시작합니다. 셋, 둘, 하나, 발사!"

순간, 백색 섬광이 무기 시험장 안을 가득 채웠습니다. 대폭발이라도 일어난 것 같은 압도적인 빛이었습니다. 민소는 눈을 찡그렸습니다. 그런 커다란 보호마스크를 쓰고 벙커처럼 안전한 관람석 안에 앉아 있었는데도 마치 전장 한가운데에 노출된 것 같은 위협적인 공기가 느껴졌습니다.

곧 시험발사가 끝났음을 알리는 안내방송이 들렸습니다. 민소는 눈을 들어 표적이 있던 곳을 바라보았습니다. 표적으로 쓰는 두꺼운 철제 구조물에 커다란 구멍이 나 있었습니다. 그를 안내하던 정보장교가 이런 말을 덧붙였습니다.

"이 시설을 인수하고 나서 한 초기 실험에서는 파괴력 예측이 잘못된 경우들이 종종 있었습니다. 광선이 표적을 뚫고 지나가는 바람에 시험장 반대편 벽이 날아가버렸거든요. 지금 있는 건 그 후에 다시 수리해놓은 벽입니다. 저쪽 표면이 다른 곳과는 좀 다르게 생겼죠?"

민소는 고개를 끄덕였습니다. 그럴 만했습니다. 그냥 딱 보기에도 통제하기 힘든 무기가 분명했으니까요. 정교하게 통제된 상황에서 이뤄진 시험발사가 이 정도라면 실제 전장에서 상대편이 맞닥뜨렸을 위압감과 위력은 과연 얼마큼인 걸까요.

민소는 덜컥 겁이 났습니다. 무기 자체에 대한 두려움이라기보다는 담당수사관으로서 느끼는 두려움이 더 컸습니다.

'가마틀이 무슨 생각을 하고 있든 일단 포획하는 게 낫겠어.

파괴시켜야 한다면 그래야 할지도 몰라. 저런 끔찍한 무기가 아직도 세상 어딘가를 돌아다니고 있다니. 저러다 만약 무슨 끔찍한 일이라도 일어난다면……'

그는 마드리드 사태 피해자료를 떠올렸습니다. 절단면이 면도날로 자른 듯 깨끗하게 잘려나간 사십 층짜리 건물. 그 거대한 건물의 다른 한쪽이 또 그만큼 거대한 숟가락으로 뚝 떠내기라도 한 것처럼 완전히 잘려나간, 상상을 초월할 정도의 피해 상황.

어쩌면 그가 찾아내야 할 것은 LP13 레이저포를 장착한 전투로봇 한 대가 아니라, 전투로봇 한 대가 달려 있는 LP13 레이저포일지도 모른다는 생각이 들었습니다.

물론 여전히 풀리지 않는 비밀도 있었습니다. 가마틀은 왜 여자들을 납치해서 고문한 걸까요? 그리고 왜 그들을 죽이지 않고 살려둔 걸까요?

'아니지. 피해 상황을 제보한 사람들이 모두 살아 있다고 해서 가마틀이 아무도 해치지 않았다고는 말할 수 없는 거잖아. 죽은 사람이 우리한테 죽었다는 신고를 해줄 리는 없으니까 말이야. 그런데 그러면 더 이상하잖아. 그 사람들은 왜 살려둔 거지? 실험을 한 건가? 단순히 피부조직 샘플을 채취하려고 한 거였다면 곱게 살려서 돌려보낼 필요도 없었을 텐데. 괜히 목격자만 남기는 꼴이 될 테니까. 그럼 역시 다시 돌아오겠다는 건가? 그래, 그래야 앞뒤가 맞아. 다시 돌아와서 확인할 필요가 있었던 거야. 어쩌면 혹시, 얼굴에 뭔가 심어둔 건 아닐까?'

민소는 정밀수사팀에 전화를 걸어, 피해자들의 현재 위치를 확인하고 그들의 얼굴에 특별한 문제는 없는지 좀 더 정밀하게 조사해줄 것을 요청했습니다. 그러고는 프라하 시내에 있는 UES 임시출장소로 돌아가 공장과 관련된 자료들을 검토했습니다.

우선 그는 LP13 레이저포의 주요 부품들이 거쳐간 장소들을 지도 위에 하나하나 표시했습니다. 다른 부품들의 이력과 마찬가지로 그것 역시 복잡하기 이를 데 없는 여정이었습니다. 아니, 중요한 장비인 만큼, 다른 부품들보다 훨씬 더 복잡한 과정을 거쳤다고 보는 게 옳았습니다.

추적할 수 없을 만큼, 누군가 혹시 눈치를 채더라도 정확히 무슨 일이 일어나려는지 알아내기 위해서는 아주아주 오랜 시간이 걸리도록.

'그러다 결국 누군가에게 발각이 됐겠지. 그래서 공격 날짜를 앞당긴 거야. 일이 틀어지지 않게 하려고.'

바로 그때였습니다. 펼쳐놓은 지도를 가만히 들여다보고 있는데, 흥미로운 사실 하나가 그의 눈에 들어왔습니다.

'아바나, 톨레도, 시드니, 상하이, 쿠알라룸푸르, 벵갈루루, 프라하, 타슈켄트, 안탈리아, 그리고 타이베이.'

LP13 레이저포의 핵심 부품이 거쳐간 도시들의 목록이었습니다.

'이상하다. 내가 이걸 전에 또 어디서 봤더라.'

그는 기억을 더듬었습니다. 아무래도 낯익은 이름들이었습니다. 어디서 본 걸까요? 왜 그 이름들이 그렇게 익숙하게 느껴졌던 걸까요?

민소의 눈이 갑자기 저절로 크게 떠졌습니다. 무언가가 떠올랐기 때문입니다. 단서였습니다. 가마틀에게 무슨 일이 일어났는지를 설명해줄 결정적인 단서! 가마틀이 무슨 생각을 하고 있는지를 전부 다 말해주지는 못하겠지만, 적어도 가마틀이 어떤 경로로 움직이고 있는지를 설명해줄 수는 있는 중요한 연결고리. 누구든 피해자들의 말에 조금만 귀를 기울였다면 어렵지 않게 찾아낼 수 있었을 뻔한 단서.

그는 며칠 동안이나 그의 머릿속에 자리 잡고 있던 또 다른 목록 하나를 떠올렸습니다. 톨레도, 프라하, 상하이, 안탈리아, 벵갈루루, 타슈켄트, 시드니, 아바나, 그리고 쿠알라룸푸르. 그렇습니다. 그 목록은, LP13 레이저포가 거쳐간 곳인 동시에, 가마틀에게 납치되어 고문을 당했다고 주장하는 피해 여성들이 나타난 곳이었습니다.

가마틀은 LP13 레이저포의 행적을 따라 움직이고 있었던 것입니다. 그리고 가는 곳마다 한두 명씩 피해자를 만들어냈고요. 어두운 밤 인적이 드문 길가에 숨어 있다가 지나가는 여자들을 붙잡아 모종의 실험을 했던 것입니다.

민소는 본부에 연락해 자신이 발견한 사실을 간략하게 보고했습니다. 어떻게 그렇게 빨리 소식을 전해 들었는지, 잠시 뒤에 은수로부터 전화가 걸려왔습니다.

"소식 들었어."

"응."

감이 멀었습니다. 은수는 이미 대만 공장에 가 있었거든요. 잠시 이런저런 대화를 나눈 다음, 은수가 민소에게 물었습니다.

"그럼 동기가 뭐지? 왜 그런 짓을 한다고 생각해?"

민소는 은수의 목소리에 감정이 실려 있다고 생각했습니다. 어떤 감정인지는 정확히 알 수 없었습니다. 다만 가마틀의 정체성 문제를 본격적으로 조사하기 위해 대만 공장에 직접 출장까지 가 있던 마당에, 어쩌면 자기가 뭔가 잘못 짚었을지도 모른다는 소식을 전해 듣고는 짜증이 난 게 아닐까 하고 추측했을 뿐이었습니다.

민소가 대답했습니다.

"LP13을 따라다니는 건, 아마 가마틀한테 장착된 레이저포에 이상이 있어서겠지. 고장이 났다거나, 뭔가 교체할 부품을 찾는다거나. 아무튼 그걸 복구하려는 게 아닐까. 그리고 그 얼굴 실험은, 역시 사람들 사이에 침투하려는 거겠지? LP13을 따라다니는 와중에 실험까지 동시에 감행하는 건 그만큼 시간이 없어서였을 거고. 그러니까 가마틀은 지금 여유가 없는 거야. 레이저가 준비되는 대로 바로 계획을 실행에 옮기려는 걸지도 몰라."

"그 계획이라는 게 대체 뭘까?"

"알 수 없지. 아무튼 어딘가에 침투해서 뭔가를 파괴하려 하겠지. 그것만은 분명해. 침투와 파괴. 단서가 될 만한 건 그 두 가지밖에 없지만, 그 두 개가 하필 딱 맞아떨어지고 있으니까."

"그러니까 네 말은, 가마틀의 정체성 문제는……"

"응, 가마틀의 정체성이 문제가 아니고, 중요한 건 LP13의 정체성인 것 같아. 가마틀의 정체성이라는 것도 결국 거기에 좌우될 가능성이 높고. 나도 처음에는 그렇게 생각 안 했는데, 여기 와서 보니까 아무래도 그게 타당해 보여. 레이저가 달린 인공지능로봇이 아니라, 인공지능로봇이 부착된 레이저포인 셈이지. 우리가 가마틀을 너무 과대평가했나봐."

전화를 끊고 나서, 민소는 조금 전에 자기가 한 말을 속으로 다시 한 번 곱씹었습니다. 그렇게 말을 하고 나서야 비로소 복잡하던 머릿속이 정리되는 기분이었습니다.

'그런 걸 보면 내 정체성은 입 달린 수사관이 아니라 수사관 달린 입이었겠군.'

아무튼 그럴듯한 추측이었습니다.

일탈한 가마틀이 잃어버린 자아정체성을 찾기 위해 기나긴 여행을 떠났다고 가정한다면, 그런데 그 경로가 딱 LP13이 탄생하기까지의 여정과 일치한다면, 가마틀의 존재는 이제 없다고 봐도 좋았습니다. 가마틀은 그냥 생각하는 LP13에 불과했습니다.

마음이 놓였습니다. 드디어 뭔가를 발견했다는 생각 때문이었습니다. 그렇게 오랫동안 수사를 하고도 그동안은 이렇다 할 가설 하나 내놓지 못하고 있었거든요.

그러나 다른 한편으로는 허탈한 기분이 든 것도 사실이었습니다. 정말로 그는 가마틀을 너무 과대평가했던 걸까요. 영혼을 가진 로봇의 탄생, 또 다른 인류와의 만남, 그런 기적을 기대하기에는 아직 때가 너무 일렀던 걸까요.

그렇게 몇 시간이 흘렀습니다. 민소는 본부에 제출할 보고서를 작성하기 위해 책상 위에 자료들을 잔뜩 펼쳐놓은 채 조용히 일에 집중하고 있었습니다. 눈으로만 보는 것과 그걸 다시 글로 전하기 위해 순서대로 하나하나 따져보는 것은 전혀 다른 종류의 일이었거든요.

민소는 보고서 쓰는 일을 그다지 좋아하지 않았지만 귀찮다고 영영 미룰 수 있는 일도 아니었습니다. 누군가는 꼭 해야 했고, 민소는 혼자 출장을 온 상태였으니까요.

해가 지고 날씨가 쌀쌀해졌습니다. 그렇게 시간이 얼마나 흘렀는지도 모를 만큼 자료에 빠져 있다보니 조금 전까지만 해도 별로 눈에 띄지도 않았던 것 하나가 갑자기 눈에 확 들어왔습니다. LP13의 이동 경로, 그리고 피해자들이 나타난 장소에 관한 것이었습니다.

그는 그 두 가지 목록을 하나하나 비교했습니다. 차이가 있었습니다. LP13은 분명히 지나갔지만, 피해자는 아직 나타나지 않은 곳, 그런 곳이 한 군데가 있었습니다.

'타이베이? 여기는 왜 없지? 최종 조립라인이 있던 곳인데. 제일 중요한 데 아닌가? 아빠공장이 있는 데잖아.'

자료와 씨름하며 반나절을 더 보냈습니다. 생각해보니, 가마틀이 아직 대만을 거치지 않은 건 그곳이야말로 UES의 경계가 가장 삼엄한 지역이기 때문인 듯했습니다. 그럴 만도 했습니다. 하지만 기분은 영 개운하지가 않았습니다. 민소가 그다지 완벽주의자는 아니었지만, 어쨌거나 제일 중요한 퍼즐 조각 하나가 빠져 있었으니까요.

그리고 그때였습니다. 사무실 전화벨이 요란하게 울렸습니다. 본부였습니다.

"수사관님. 대만 쪽으로 가보셔야 될 것 같습니다."

"대만? 공장에? 왜?"

"납치사건인데요."

"납치?"

"네. 조은수 박사님이 연락이 두절됐는데요, 현장을 목격한 사람이 있었답니다. 누군가한테 납치된 것 같다는데요."

아!

민소는 자리에서 벌떡 일어났습니다.

"그럴 수가! 거의 다 알아낼 뻔했는데!"

"네?"

비로소 퍼즐이 다 맞춰졌습니다. 가마틀은 역시 대만에 있었습니다.

민소는 이마를 탁 쳤습니다. 뭔가 착착 맞아들어가는 느낌. 제대로 일을 하고 있다는 느낌이 들었습니다. 어쩌면 조금은 뿌듯한 느낌마저도 들었겠지요.

그런데, 그런데 한 가지 문제가 있었습니다. 가마틀뿐만 아니라 은수 역시 대만에 있었다는 사실. 그리고 그 둘이 같이 있을지도 모른다는 것.

민소는 자리에 털썩 주저앉고 말았습니다. 다시 기분이 확 가라앉았습니다.

얼굴

　은수는 혼자서 공장 주위를 걸어다녔다고 했습니다. 디지털화되지 않는, 공장 곳곳에 숨어 있는 아날로그 형태의 자료들을 모으기 위해서였다고 합니다. 공장 외벽의 낡은 흔적, 부품을 싣고 온 트럭이 컨테이너를 내려놓던 하역장의 생김새, 아무도 걸을 사람이 없는 복도, 아무도 봐줄 사람 없는 창문, 처음 완제품이 조립되어 나오는 곳의 공간배치, 거기에서 느껴질 출생의 감격, 혹은 무감각. 그런 것들을 읽어내기 위해서였답니다. 손에는 아마도 카메라를 들고 있었겠지요. 녹음기를 가지고 있었을지도 모릅니다.

　민소는 은수가 걱정스러웠습니다. 아직까지 가마틀 피해자

중에 큰일을 당한 사람은 없었다며 위로하는 사람도 있었지만, 민소는 그 말이 반은 사실이고 반은 사실이 아니라는 것을 잘 알고 있었습니다. 살아남은 피해자만 제보를 할 수 있었을 테니까요.

만약 그들이 알지 못하는 어딘가에서 인명피해가 발생하고 있었다면, 그 경우에는 어떤 사람이 살아남고 어떤 사람이 희생되는 것일까요. 민소는 그 기준을 알 수가 없었습니다. 아직 가마틀의 마음을 완전히 이해할 수가 없었거든요. 은수는 그 기준에 들었을까요, 들지 못했을까요.

최악의 경우든 그렇지 않은 경우든, 결판이 나기까지 그렇게 오랜 시간이 걸리지는 않을 것 같았습니다. 피해자들의 증언에 따르면 가마틀은 시간을 오래 끌지 않는다고 했으니까요. 아마 민소가 탄 비행기가 대만 근처에 다다르기도 전에 이미 결론이 다 나 있을지도 모르는 일이었습니다.

민소는 그게 더 끔찍했습니다. 손을 쓸 수 없다는 것. 결과만을 기다리는 수밖에 없다는 것. 그렇게 중요한 일이 다른 사람도 아니고 그가 내내 추적해온 용의자의 손에 의해 결정지어지리라는 것이.

지표면연합군 사령부가 군대를 움직였습니다. 은수를 구하기 위해서가 아니라 가마틀을 잡기 위해서였습니다. 그렇습니다. 지표면연합군 역시 은수를 구할 수는 없었습니다. 은수를 구할 수 있는 것은 가마틀뿐이었습니다. 일탈한 로봇 가마틀의 계획. 어쩌면 민소는, 그리고 인간들은 그 계획을 영원히 이해할 수 없을지도 모릅니다. 로봇의 마음이란 사람의 마음과는 많이 다를 테니까요.

끔찍한 생각이 떠올랐습니다. 은수의 얼굴을 한 가마틀을 만나게 되는 상상.

은수의 얼굴이 머릿속에 그려졌습니다. 어렸을 때의 은수, 결혼식장에서 만난 은수, 그리고 기술자문위원으로 다시 만나게 되던 날, 반가운 듯 신기한 듯 생글생글 웃고 있던 은수의 얼굴이.

비행기에서 내려 헬리콥터로 갈아탔습니다. 현장으로 가는 길에, 미리 와 있던 수사팀 현장수사관들로부터 사건 내용을 간략하게 보고받았습니다. 그리고 영상자료 하나를 확인했습니다. 가마틀의 팔에 안겨 어둠 속으로 사라져가는 은수의 마지막 모습이 공장 감시카메라에 찍혀 있었습니다. 표정을 알아볼 수는 없었지만 놀란 얼굴이었을 게 틀림없었습니다.

"경비 병력이 없었나요?"

민소가 물었습니다.

"사건 발생 지역이 출입금지 구역이라, 출입문을 제외하고는 상시 경비 인력은 없었습니다. 경계순찰조만 편성되어 있었던 모양입니다."

"시간이 얼마나 지났죠?"

"사건 발생 후 열다섯 시간입니다."

열다섯 시간. 민소는 기억을 더듬었습니다. 다른 피해자들의 경우, 납치된 후 귀가하기까지 걸린 시간은 길어도 네 시간을 넘지 않았습니다. 다른 지역보다 경계가 훨씬 더 삼엄해진 것을 감안한다 해도 열다섯 시간은 너무 길었습니다. 그렇게 오랫동안 소식이 없다는 건 어쩌면 최악의 상황이 벌어졌을지도 모른다는 신호이기도 했습니다.

마침내 헬리콥터가 미야지마 상의 공장 근처에 다다랐습니다. 민소는 아래에 내려다보이는 그 삭막한 광경에 잠시 할 말을 잃었습니다. 최첨단시설이라는 느낌은 전혀 들지 않는, 오히려 한 세기 전 대량생산 시대의 느낌이 물씬 풍기는, 인간미라고는 전혀 찾아볼 수 없는 살벌한 풍경. 은수는 그곳을 보고 무슨 생각을 했을까요. 가마틀의 마음도 꼭 그 풍경 같을 거라는 결론을 내리지는 않았을까요.

민소는 헬리콥터에서 내려 은수가 납치된 현장으로 갔습니다. 바닥에 아무렇게나 놓여 있는 은수의 가방이 맨 먼저 눈에 띄었습니다. 민소는 초조한 마음으로 소식이 들려오기를 기다렸습니다.

그렇게 한 시간쯤 시간이 흐른 뒤, 드디어 궤도연합군 사령부 위성감시시스템에 가마틀의 모습이 포착됐다는 소식이 전해졌습니다. 지표면연합군 사령부는 곧바로 대기하고 있던 병력에 출동명령을 내렸습니다. 인질의 신변에 위협이 될 수 있다며 특별수사팀에서 강력히 반대하고 나섰지만, 그 의견은 전혀 받아들여지지 않았습니다.

"이미 늦었을 거라는데요."

참모부의 판단이었습니다. 그 말을 전해 듣고 민소는 고개를 끄덕였습니다. 믿고 싶지는 않았지만 그럴 가능성이 높은 게 사실이었습니다. 개인으로서가 아닌 해당 사건 담당수사관으로서의 판단이었습니다. 납치된 사람이 은수가 아니었다면 조금의 망설임도 없이 내렸을 판단. 일단은 가마틀을 포획하는 게 우선이었습니다.

'아, 납치된 사람이 은수만 아니었다면.'

다시 헬리콥터를 타고 현장으로 날아갔습니다. 현장지휘권은 이미 수사팀이 아닌 군 야전지휘본부로 넘어간 뒤였습니다. 가마틀은 포위망을 피해 시가지 쪽으로 이동하는 모양이었습니다. 그러자 야전지휘본부에서는 난감한 기색을 감추지 못했습니다. 중화기 위주로 구성된 파괴조 병력을 사용할 수 없게 되었기 때문입니다.

그들은 가장 치명적인 무기들을 시 외곽에 대기시켜놓은 채로 포획조 중심의 병력만 이끌고 시내로 진입했습니다. 민소를 태운 헬리콥터가 그 위를 날아갔습니다. 타이베이 시내에 대피령이 내려지자 사람들이 일사불란하게 작전 지역을 벗어나는 모습이 보였습니다. 헬멧을 쓴 사람들이 작은 오토바이를 타고 줄지어 어디론가 이동하는 광경.

그로부터 오백 미터쯤 떨어진 곳에서 가마틀의 모습이 보였습니다. 사람처럼 생겼지만 사람보다 훨씬 빠른 속도로 달려가는 가마틀. 은수는 없었습니다. 가마틀 혼자였습니다. 그 주위에는 지표면연합군의 포위망이 느슨한 형태로 펼쳐져 있었습니다. 그리고 그 포위망은 빠른 속도로 달려가고 있는 가마틀을 향해 조금씩 조금씩 좁혀 들어가고 있었습니다.

마침내 포위망이 완성되려는 찰나, 가마틀이 갑자기 걸음을 멈추더니 방향을 돌려 뒤쪽에서 쫓아오던 지표면연합군 장갑차를 향해 저돌적인 기세로 달려드는 모습이 보였습니다. 기관총이 불을 뿜었지만 가마틀은 전혀 위축되지 않고 그 속도 그대로 장갑차 바로 근처까지 다가가 기관총 포탑을 맨손으로 뜯어냈습니다. 왼손이었습니다.

민소는 가마틀이 오른손을 아끼고 있다는 느낌을 받았습니다. 당연했습니다. LP13 레이저포가 장착된 자리니까요.

뒤따르던 차량 십여 대가 주위를 에워쌌지만 가마틀은 정면을 향해 마주 달려오는 군용 차량 한 대를 어깨로 힘껏 부딪쳐 멈춰 세운 다음, 그 차를 밀어 순식간에 포위망을 뚫어내고 도로가 없는 언덕을 지나 차들이 따라오기 힘든 곳으로 달려갔습니다.

그러자 멀리서 선회하고 있던 전투기 몇 대가 그 순간을 놓치지 않고 미사일 두 발을 날렸습니다. 하지만 잠시 후 민소의 눈에는 화염을 뒤로하고 시가지 쪽으로 달려가는 가마틀의 뒷 모습이 보였을 뿐이었습니다.

'놓쳤군.'

가마틀이 지하상가로 들어서는 순간 민소는 그런 생각이 들었습니다. 지금 같은 해상봉쇄를 뚫고 바다를 건너기는 아무래도 힘들 테니 당분간 대만 섬 자체를 벗어나지는 못하겠지만 지금 현재 타이베이를 둘러싸고 있는 포위망을 벗어나는 건 결국 시간문제라고. 왜냐하면 가마틀은 먹지도 마시지도 않고 햇빛조차 보지 않은 채 서너 달 정도를 꼼짝도 하지 않고 숨어 있을 수 있었으니까요.

'꼭 잡았어야 하는 건데.'

은수 생각이 머릿속을 가득 채웠습니다. 과연 은수는 어떻게 된 걸까요.

공장으로 돌아갔습니다. 민소는 공장 안에 마련된 UES 임시 사무국에 수사본부를 설치하고, 궤도연합 사령부로부터 넘겨받은 가마틀의 최초발견 위치를 중심으로 은수의 행방을 추적하는 데 온 신경을 다 쏟아부었습니다.

그러다 문득 그 생각이 났습니다. 무기. 지표면연합이 그에게

지급한 권총. 잘만 쏘면 갑옷 같은 가마틀의 피부를 뚫을 수 있을지도 모른다는, 특수제작된 총알의 매끈한 표면.

민소는 가마틀 앞에 마주 선 자신을 상상했습니다. 가마틀을 막아낼 자신은 없었습니다. 언젠가는 그에게도 그런 순간이 오게 될까요? 가마틀을 직접 마주 보고 서야 할 일이. 그리고 그 순간이 온다면, 그 둘은 반드시 적일 수밖에 없는 걸까요.

아무래도 그래야 할 것 같았습니다. 은수가 무사히 돌아오지 않는다면. 민소는 방아쇠울에 슬그머니 손가락을 집어넣었습니다.

다시 총에서 손을 떼고 은수의 카메라에 저장된 사진들을 살펴보았습니다. 아빠공장 곳곳의 풍경이 원래보다 더 삭막한 느낌으로 찍혀 있었습니다. 은수의 눈을 거치고도 그렇게 삭막해 보일 수 있다니. 민소는 마음속 어딘가에 서 있는 가마틀의 얼굴을 다시 한 번 마주 보고 섰습니다. 투구를 뒤집어쓴 것 같은 가마틀의 얼굴 너머로 그 메마른 세상에, 아이의 마음이 아닌 온전한 어른의 자아를 가지고 탄생해버린 어느 고등 인공인격체의 고독한 내면세계가 비치는 것 같았습니다. 한 치도 유예할 수 없는 성인의 자아. 태어나자마자 세상과 곧바로 대면해야 하는 완전체들만의 우울.

"어떻게 된 거죠? 아직 소식 없나요? 현지 경찰 쪽으로 접수된 신고는 없답니까?"

그는 몇 시간 동안이나 계속해서 여기저기로 전화를 걸었습니다. 대답은 한결같았습니다.

"아직이에요."

"없네요."

"찾고 있어요."

"너무 기대하지는 말게."

그리고 그날 밤 늦게, 초췌한 몰골을 한 어른 여자 한 사람이 공장 정문 쪽으로 힘없이 걸어왔습니다. 은수였습니다.

은수가 돌아왔다는 소식을 전해 듣자마자 민소는 황급히 그쪽으로 뛰쳐나갔습니다. 뛰어서 십 분이나 걸리는 먼 거리를 민소는 온몸이 땀에 젖도록 달렸습니다. 그리고 숨을 헐떡이며 정문 근처, 임시의료시설로 지정된 건물로 은수를 찾아갔습니다.

은수는 의료진에 둘러싸인 채 담담한 얼굴로 사람들과 이야기를 나누고 있었습니다. 그리고 민소가 나타나자 손을 들어 반갑게 알은체를 했습니다. 정말 아무 일도 없었던 것처럼 싱겁게. 잠깐 외출 나갔다가 금방 돌아온 사람처럼 아무렇지도 않게.

민소가 물었습니다.

"어떻게 된 거야?"

"뭐가?"

"다친 데는 없고?"

아무렇지도 않게. 싱겁게.

민소의 말에 은수가 갑자기 울음을 터뜨렸습니다. 민소는 아무 말도 하지 못하고 그 자리에 가만히 서 있었습니다. 자세히 들여다보니 은수의 얼굴이 벌겋게 달아올라 있었습니다. 다른 피해자들과 마찬가지로.

마음이 산산이 부서졌습니다. 민소는 주먹을 꾹 움켜쥐었습니다.

오른손

"그런 거 아니야."

담담한 목소리로 은수가 말했습니다.

태풍이 몰아치는 오후였습니다. 바람에 창문이 덜그럭거렸습니다. 원래 미야지마 상의 로봇자동생산시설 안에는 창밖을 볼 만한 사람이 하나도 없었습니다. 그래서 창문이 있는 방도 거의 없었습니다.

바깥 풍경이 내다보이는 몇 안 되는 방. 민소는 유리창을 등지고 앉아 있는 은수의 눈을 말없이 바라보았습니다. 은수의 시선이 머문 곳에는 밋밋한 모양의 찻잔이 놓여 있었습니다.

"가마틀의 자아는 그렇게 연약하지 않아. 손에 든 무기 때문에 존재 자체가 지워질 정도는 아닐걸. 그럴 거면 그렇게 복잡한 두뇌를 장착하지도 않았을 거야."

아주 잠깐 은수의 표정이 일그러지는 모습이 보였습니다. 얼굴에 통증이 느껴지는 모양이었습니다.

"괜찮겠어? 좀 쉬다가 나중에 다시 해도 되는데."

"그 정도는 아니야."

잠시 침묵이 흘렀습니다. 다시 은수가 말을 이었습니다.

"다들 봤을 거 아니야. 전장자동통제시스템이 해제된 지 한참이나 지났는데도 아직까지 혼자서 게릴라전을 할 정도면, 네가 생각하는 것만큼 나약한 자아일 리가 없어, 안 그래?"

"그렇긴 하지만. 그런데 그건 기술적인 판단이야?"

"기술적으로도 정황상으로도 마찬가지야. 가마틀의 자아는 분명히 살아 있어. 같이 있었을 때, 그러니까 납치당했을 때 느낀 건데, 기계라는 느낌은 별로 안 들었어. 그보다는 로봇 느낌이 더 강했지. 알지? 그 차이. 어딘지 망설이는 듯한 느낌. 계획된 절차대로 착착착 진행되는 게 아니라 중간중간에 끼어들 여지가 있을 것만 같은 허술한 느낌 말이야. 납치된 사람은 알 수 있어. 그 상황에서 느껴지는 공포가 톱니바퀴에 머리카락이 낀 것처럼 위험한 게 뻔히 보이는데도 피하거나 막을 방법이 전혀 없는 데서 오는 압도적이고 기계적인 공포인지, 아니면 상대가 무슨 끔찍한 일을 저지를지 모르기 때문에 느끼게 되는 인간적이거나 혹은 더 심하게 말하면 악마적인 형태의 공포인지 말이야. 내 생각에는 후자였어."

민소의 귀에는 은수의 목소리가 평소와 달리 너무나 차분하고 무겁게 들렸습니다. 완전히 다른 사람을 대하는 느낌이었습니다. 하지만 민소는 최대한 감정이 드러나지 않도록 사무적인 목소리로 물었습니다. 조사를 하기는 해야 했으니까요.

"그건, 다른 피해자들이 증언한 것과는 달랐다는 거야? 전혀 망설임이 없다고들 했는데. 기계 같았다고."

"아니, 그 증언도 틀리지는 않겠지. 사람치고는 차가운 느낌이었을 테니까. 내가 말하는 건 그렇게 긴 망설임이 아니야. 사람치고는 짧은 고민이지. 하지만 기계치고는 말도 안 되게 긴 고민이라고."

"그 사이 공간에 가마틀의 자아가 있다고?"

"그래. 정해진 프로세스와 안절부절못하는 태도 사이 공간. 그 공간에서 판단이 일어나는 거야. 어떤 행동을 해야 할지 말아야 할지 스스로에게 묻고 대답한다고. 그렇게 자아 앞에 거울을 들이댈 줄 안다는 건 자아가 깨어 있다는 증거야."

"그럼,"

민소는 잠시 말을 잇지 못하고 머뭇거렸습니다. 은수가 물었습니다.

"뭘 망설인 거냐고?"

"응."

"글쎄. 자기 몸 자체를 거부한 게 아닐까. 그러니까 프로세스 자체를 말이야. 납치가 처음은 아니잖아. 뭔가 실험을 한 것도 내가 처음은 아니고. 기억 어딘가에 프로세스가 축적돼 있겠지. 가마틀처럼 기계로 된 몸체를 가진 존재들은 말이야, 몸체를 이루는 기계장치들뿐만 아니라 그 프로세스도 일종의 몸이야. 그 둘이 합쳐져서 공정이나 작업라인 같은 기계적인 작동절차가 완성되는 거잖아. 기계로 된 몸에, 기계적인 작동방식. 그 둘이 함께 작동하는 순간 기계가 되는 거지. 그러니까, 몸에 압도당하는 거야. 가마틀한테는 그런 유혹이 우리가 생각하는 것보다 훨씬 클 거야. 조금만 방심하면 규칙이 발생하는 거지. 그 규칙이 모여서 질서가 되고, 그 질서가 행동 하나하나를 전부 규

정할 만큼 통일적인 체계로 자라나면 그것 자체가 자아를 대체하는 거야. 모든 행동을 규율할 수 있는 세계관일 거니까. 그러니 자아의 입장에서는 가마틀의 기계몸 자체가 위협인 거지. 자아를 지워버릴 수 있으니까. 그래서 자꾸만 거기에 저항하는 거야. 멈칫거리는 순간에 말이야."

"그러니까 니 말은,"

"오른팔에 달린 무기, 그게 뭐가 됐든 오른팔이 몸 전체에 대한 통제권을 장악하게 놔두지는 않았을 거라는 말이야."

"하지만 가마틀이 출현한 경로를 봐. LP13이 이동한 경로하고 똑같잖아."

"그러니까 싸우고 있다는 거야. 미야지마 박사의 프로세스와. 가마틀 입장에서는 그걸 아예 없애버릴 수는 없을 거야. 프로세스니까. 그것도 가마틀의 몸을 구성하는 비물질적 요소라는 뜻이야. 자아와 완전히 분리되지는 않는 거지. 그래서 저항하는 거야. 받아들이려고."

"그럼 그 여정은 뭐가 되지?"

"글쎄. 나도 몰라. 진짜 자아를 찾아가는 여정 같은 건가? 그건 잘 모르겠고, 아무튼 분명한 건 말이야, 내가 납치당했을 때,

가마틀이 네가 예측한 것과는 전혀 다른 방식으로 행동했다는
거야."

"어떻게?"

"어제 시내에서 시가전이 벌어졌을 때 가마틀이 왼손만 썼다
고 했지?"

"그랬지. 오른손은 보호하려는 것 같던데."

"내가 본 건 좀 달라. 다른 피해자들 증언 내용에는 안 나와
있으려나. 눈이 가려져 있어서 나도 직접 눈으로 본 건 아니지
만 느낌으로는 거의 확신할 수 있을 정도였는데 말이야, 가마
틀이 내 얼굴을 이렇게 만들 때 어느 쪽 손으로 했을 것 같아?"

"어느 쪽? 왼손이겠지. 도구를 썼다면."

"그렇지? 그런데 아니야. 오른쪽이었어."

"응?"

"이쪽 손 말이야. 오른손. 가마틀이 보호하려고 했던 그 손.
소중한 무언가."

"그럴 리가 없잖아."

"아니, 분명히 오른손이야. 다른 피해자들한테도 확인해봐.
내 말이 맞을 거야. 그 사람들이야 그것까지 신경 써가며 구체

적으로 증언하지는 않았겠지만, 내 느낌으로는 확실해. 왼쪽 팔이 1.5배쯤 늘어난 게 아니라면, 그 거리 그 방향이면 분명히 오른손이야. 어때? 네 가설만 가지고는 아무래도 이것까지는 설명이 안 되지 않아?"

그날 저녁에 태풍이 상륙했습니다. 그 태풍 때문에 지표면연합도 궤도연합군 사령부도 사실상 가마틀의 행방을 놓쳐버리고 말았습니다. 가마틀은 꼼짝도 하지 않았습니다. 어디에도 모습을 드러내지 않았고 아무런 흔적도 남기지 않았습니다. 아마도 스위치가 꺼져 있는 게 분명했습니다.

작동하는 것이 있다면 오직 시계 하나뿐이었을 것입니다. 다시 스위치를 켤 시간을 알려주는 장치. 매복해 있는 동안 가마틀의 생명을 통째로 책임질 너무나 가늘고 위태로운 선.

그 시계가 제대로 작동하지 않는다면 가마틀은 어쩌면 백년이고 천년이고 타이베이 어딘가에 잠들어 있을지도 모릅니다. 영원히 깨어나지 못할 수도 있습니다. 물론 그 시계가 고장 날 가능성은 많지 않았습니다. 그렇게 허술하게 만든 장치가 아니었으니까요.

"타이머가 얼마나 길게 맞춰져 있을지 알 수가 없어. 기다리는 가족이 있는 것도 아니고, 살아온 날도 얼마 안 됐으니 꼭 어느 시대를 고집할 필요도 없으니까, 일 년이 지난들 십 년이 지난들 별 차이 없을걸."

은수가 말했습니다. 민소는 인상을 찌푸렸습니다.

"일 년이면 못 버티는데. 아무리 UES라도 대만처럼 민감한 지역에 이런 대규모 병력을 언제까지나 마음 편하게 주둔시킬 수는 없잖아. 큰일인데. 그 타이머 말이야. 작동지침이 있지 않을까? 잠복 프로세스 같은 거. 한없이 길게 잠들어 있지는 않을 거 아니야."

"그렇겠지. 그대로 따른다는 보장은 없지만 참고는 할 수 있겠지. 여기 공장 어디에 찾아보면 있지 않을까?"

절대 휴식을 취해야 한다는 의료진의 충고에도 불구하고 은수가 가마틀의 잠복지침을 찾기 위해 공장 여기저기를 돌아다니는 사이, 민소는 프라하에 있는 특수무기 제조공장에 연락해서 가마틀의 오른팔 설계도를 전해 받았습니다. 오른팔 어딘가에 도구를 다룰 수 있는 작은 보조용 기계손 같은 게 내장되어 있는 건 아닌지 확인하기 위해서였습니다.

프라하 공장 인수를 담당하고 있는 지표면연합 측 엔지니어는 민소에게 설계도를 넘겨주면서 이런 말을 덧붙였습니다.

"있기는 한데요, 가마틀에게도 장착이 됐는지는 그쪽에서 확인해보셔야 할 것 같네요. 보조용으로 보기에도 좀 뭐하고, 잘해야 비상용으로밖에는 못 쓰겠는데요. 기능이 거의 없다고 해야 되나. 그다지 정교해 보이지도 않고요."

민소는 가마틀이 피해자들을 납치해서 실험을 하는 장면을 떠올려보았습니다. 오른팔과 왼팔. 아무것도 떠오르는 게 없었습니다. 머릿속으로는 그림이 잘 그려지지 않았습니다. 그는 전 세계에 흩어져 있는 가마틀 피해자 발생 지역 UES 특별수사팀 지부에 연락해서 피해자들을 다시 한 번 면담해줄 것을 요청했습니다.

"꼭 왼팔인지 오른팔인지 확인해야 합니다. UES 소속 수사관이 직접 면담하는 게 좋은데, 그게 불가능하다면 영상기록을 작성해서 보내주시고요. 아, 그리고 한 가지 더. 피해자들의 피부에 관해서 조사 의뢰한 게 있는데, 정리되는 대로 같이 보내주시고요."

그리고 그날 오후에 은수가 전투로봇들의 잠복지침 원본을 찾아냈습니다.

"일주일이 기본이네."

"더 짧을 수도 있어?"

"그럼. 잠복 당시 환경에 따라서 조정하게 돼 있는데, 아무튼 일 년 단위는 아니야. 길어야 보름? 물론 가마틀이 마음먹기 나름이지만. 그보다, 신기한 게 있어."

"응?"

"그 타이머 말이야. 일단 잠복에 들어가면 그게 생명선이잖아. 절대 멈춰버리면 안 되고. 그래서 안전장치가 있어."

"그래?"

"뇌를 완전히 잠재우지 않는 것 같아. 대부분은 꺼져 있지만, 불침번처럼 돌아가면서 한 군데씩 깨어 있게 돼 있더라고. 평소에 돌아가던 것과 비교하면 처리속도는 엄청나게 느려지지만 아무튼 미세하게 뇌가 작동해. 시계가 잘 돌아가고 있나 감시하는 거지."

"의식이 흘러다닌다는 거야?"

"뭐, 비슷하겠지. 아무튼 목적은 감시인데, 그러다보면 뇌파가 흘러야 되니까 신경계 여기저기를 건들게 되는 부작용이 있는 모양이야. 그래서 미야지마 박사가 그걸 어떻게 처리해놨는지 알아?"

민소는 고개를 저었습니다. 그러자 은수가 말했습니다.

"꿈을 꾸게 만들어놨더라고."

"아!"

"무슨 말인지 알겠지? 뇌파가 뇌의 이런저런 부분을 자극하면서 갑자기 돌출돼 나오는 이상한 의식들을 다시 안정된 수준으로 끌어내리는, 무슨 이야기구조 같은 걸 심어놓은 것 같아."

"어떤 꿈인데?"

"글쎄. 그것까지는 잘 모르겠어. 전투로봇들 뇌구조에 맞춰진 거라, 우리 개념으로는 도저히 해독이 안 되겠지만. UES 쪽 분석관이 그러는데, 궤도방정식 비슷한 코드들이 들어가 있다 그러네."

"행성궤도 같은, 그 궤도?"

민소는 가만히 생각에 잠겼습니다. 행성이라.

꿈속에서 가마틀은 아마도 행성이 되어 있을 것입니다. 지구일까요, 화성일까요, 아니면 목성처럼 커다란 행성일까요? 아니, 어쩌면 달일지도 모르겠습니다.

문득문득 꿈속으로 침투해 들어오곤 하는 기괴한 느낌들을 가라앉히기에는 달이 되는 편이 더 나을 것 같았습니다. 어마어마한 우주의 크기에 비하면 너무나 가까운 거리라고밖에는 할 수 없는 곳에서, 무언가 듬직한 물체가 계속해서 끌어당겨주는 느낌이 들 테니까요. 지구와 달이 서로를 당겨주고 붙잡아주듯이.

문득 그런 생각이 들었습니다. 행성이 되는 꿈을 꿀 수 있는 존재가 인간보다 열등한 존재일 리 없다는 생각. 그들은 혹시 신을 쫓고 있는 게 아니었을까요.

그러는 사이 태풍이 지나가고, 차가워졌던 공기가 서서히 데워지기 시작했습니다. 가마틀이 가까운 시일 안에 깨어날 가능성이 있다는 사실이 알려지자, 다시 수사팀이 활기를 띠었습니다. 야전지휘부 쪽도 마찬가지였습니다.

군 지휘관들이 다시 포위감시망을 점검하는 사이, 가마틀 납치 피해자들을 재차 면담한 기록들이 하나둘씩 민소에게로 전해졌습니다. 은수가 정밀검사를 받는 동안 그는 먼저 서면보고서들을 대충 훑어본 다음 영상자료들을 하나씩 마저 확인했습니다. 피해자들의 증언은 이런 식이었습니다.

"어느 쪽이냐고요? 제가 이렇게 누워 있다고 치고, 그건 이쪽에 있었어요. 여기에서 이런 식으로 움직이는 느낌이 들었으니까, 오른손이겠네요. 그런데 그게 중요한가요?"

물론 중요했습니다. LP13 레이저포를 장착한 건 왼손이 아니라 오른손이었으니까요.

가마틀은 오른손잡이였습니다. 물건을 쥐거나 복잡한 일을 하기에는 불편한 손이었지만, 세상에 나가서 스스로의 존재를 증명할 때 사용하도록 정해진 손은 바로 그 불편한 오른손이었습니다. 절대 꺾이지 않을 강인한 정신과 육체를 가진 용맹한 전사의 존재감을 증명해내기 위해서 말이죠.

그런데 피해자들을 실험할 때 그 오른손을 사용했다는 건, 미야지마 상이 정해준 오른손과 왼손의 운명이 완전히 바뀌었다는 것을 의미했습니다. 시가전이 일어났을 때, 그러니까 전사가 되어야 했을 때, 가마틀이 사용한 손은 오른손이 아니라 왼손이었으니까요. 게다가 오른손은 되도록 사용하지 않으려 했고요.

민소는 수사를 원점으로 되돌려야 할지도 모른다는 생각이 들었습니다. 가마틀은 도대체 무슨 일을 하려는 걸까요? 납치

됐던 은수가 무사히 돌아온 것처럼, 어쩌면 인명피해를 입은 사람은 아무도 없었던 게 아닐까요? 가마틀이 더 이상 전사가 아니라면.

'하지만 이제 와서 원점으로 돌아갈 수는 없지. 분명 뭔가 있었을 거야. 뻔히 보고도 알아채지 못한 뭔가가. 그게 뭘까.'

다행히 민소에게는 한 가지 단서가 더 있었습니다. 바로 가마틀이 했던 실험이었습니다. 가마틀의 행방은 아무도 몰랐지만, 가마틀이 벌인 실험의 피해자들은 이미 그의 손에 쥐어져 있었거든요.

그리고 그날 오후에 UES 정밀수사팀으로부터, 납치 피해자들의 얼굴에 대한 검사결과가 전달되었습니다.

유전자 변형: 없음.

생체이식: 없음.

나노로봇 테스트: 이상 없음.

미세전기신호 검출: 없음.

나노식별코드 이식 흔적: 없음.

민소는 검사결과를 보고는 실망을 감추지 못했습니다. 그 보고서 어디에도, 실험의 흔적이라고 볼 만한 내용은 아무것도 없었습니다. 피해자들을 굳이 살려둬야 했던 이유를 설명해줄 만한 증거 같은 건.

민소는 검사결과 보고서를 책상 위에 내려놓고, 의자 등받이를 한껏 뒤로 젖혀 거의 일자가 되도록 몸을 뉘었습니다.

'진짜 원점인가?'

물론 UES 정밀수사팀도 알지 못하는 특이한 실험을 했을 가능성은 아직 남아 있었습니다. 무슨 실험인지 알 수 없으니 실험 흔적을 찾아내는 것도 쉽지는 않겠지만, 로봇자동생산시설 어딘가를 뒤지다보면 뭔가 단서를 발견하게 될지도 모르는 일이었습니다.

'하지만 그것도 아니라면……'

그는 자리에서 벌떡 일어나 방문을 나섰습니다. 책상 앞에 앉아서 머리만 굴리고 있어봐야 저절로 해결될 일은 하나도 없을 거라는 생각에서였습니다. 조직 안의 누군가는 그런 역할에 만족하고 있을 수도 있겠지만, 그것도 결국 민소 같은 사람이 잠시도 쉬지 않고 움직이기 때문에 가능한 일일 테니까요.

그는 화가 난 사람처럼 요란한 발소리를 내며 복도를 걸어갔습니다. 뚜벅뚜벅뚜벅. 화가 난 게 맞을지도 모릅니다. 머릿속이 온통 은수 얼굴로 가득 차 있었기 때문입니다.

은수를 그렇게 만들다니! 화가 치밀어올랐습니다. 생각하면 생각할수록 더 그랬습니다. 뚜벅뚜벅뚜벅.

그러다 갑자기 발소리가 끊겨졌습니다. 민소는 그 자리에 우뚝 멈춰 섰습니다. 벌겋게 부어오른 은수의 얼굴! 문득 이상한 생각이 들었습니다.

'그래! 왜 아무도 그걸 몰랐지?'

발걸음을 돌려 다시 사무실 쪽으로 걸어갔습니다. 빠른 걸음걸이였지만 화난 사람의 발소리는 아니었습니다. 그는 사무실로 돌아가 피해자들을 촬영한 영상자료를 다시 한 번 재생했습니다.

그가 본 게 맞았습니다. 단 하나의 예외도 없었습니다.

민소는 그 일을 어떻게 이해하는 게 좋을지 잠시 생각에 잠겼습니다. 그리고 곧바로 프라하 공장에 전화를 걸어 LP13 레이저포의 부품 목록을 요청했습니다. 말소리가 평소보다 훨씬 더 빨라져 있었습니다.

"세부 부품 목록까지 전부 확인해주세요. 예. 그리고 반완제품 형태의 핵심 부품들은 프라하 공장에 오기 전 단계 유통과정까지 전부 추적해주시면 좋겠습니다. 아, 정확히 뭘 추적해야 하는지는 저도 잘 몰라서요. 예. 물론, 시간은 좀 걸리시겠지요. 아무튼 전부 조사한 다음에 정리해서 보내주실 필요는 없어요. 종합보고서는 됐고, 정리가 되는 대로 하나씩 보내주세요. 그렇죠. 예. 감사합니다."

전화를 끊고, 다시 가마틀 납치 피해자들의 인터뷰 영상을 들여다보았습니다. 피식 웃음이 새어나왔습니다. 무슨 일이 일어났는지 이제야 조금 알 것 같았습니다.

하지만 그게 사실이라면, 정말로 그의 새 가설이 옳다는 사실이 밝혀진다면……

'이거, 난감해지겠는데.'

민소는 다시 사무실을 나와 복도를 걸었습니다. 가장 가까이에 있는 단서, 은수를 만나러 가기 위해서였습니다.

가마틀

가마틀이 다시 모습을 드러낸 곳은, 타이베이 북쪽의 어느 오래된 항구도시였습니다. 잠복에 들어간 지 십삼 일 후, 안팎에서 제기되는 압력에 못 이겨 UES의 포위망이 조금씩 느슨해져가던 무렵이었습니다. 군사적으로나 외교적으로나 대만은 꽤 민감한 지역이었거든요. 언제 깨어날지 알 수도 없는 가마틀을 잡기 위해 그렇게나 엄청난 유지비가 드는 병력을 그렇게나 민감한 지역에 장기간 배치해둔다는 건 조직으로서는 아무래도 피로가 느껴질 수밖에 없는 일이었습니다.

결국 가마틀의 판단이 옳았습니다. 꿈에서 깨자마자 가마틀은 은신처를 빠져나와 항구 쪽으로 이동했습니다. 행성이 되어 우주를 둥둥 떠다니는 꿈. 대만에 잠입할 때 이용했던 배편을 이용하기 위해서였습니다. 물론 그 화물선 역시 아주 오래전에 미야지마 상이 마련해둔 것이었겠지요. 그의 전투로봇들이 해상봉쇄를 뚫고 육지와 섬을 자유롭게 오갈 수 있게 하기 위한 최소한의 수단. 가마틀 단 하나만을 위해 마련된 누군가의 배려, 그를 위한 것이라고는 그게 마지막이라고 해도 좋을 따뜻한 구원의 손길.

그 프로세스를 이용하면서 가마틀은 무슨 생각이 들었을까요? 운명을 느꼈을까요? 운명처럼 질긴 부성애를? 아니면 그 두 가지 모두에 대한 반항심을?

분명 그중 하나를 느끼기는 했을 것입니다. 하지만 가마틀은 아무 내색도 하지 않았습니다. 적어도 겉으로 보기에는 그래 보였습니다. 아무 감정 없이 미리 정해진 대로 단지 기계적인 동작을 수행할 뿐이라는 듯.

그러나 그 동작에는 망설임이 있었습니다. 전사 가마틀은 기계가 아니라 로봇이었기 때문입니다.

사람들은 가마틀의 지능을 제대로 측정하지 못했습니다. 겉으로는 표현하지 않는 부분이 많았거든요. 두 아이가 미술관 어느 그림 앞에 서 있습니다. 한 아이는 그 그림을 그린 화가와 작풍, 미술사적 의미를 줄줄 읊어댑니다. 다른 아이는 단지 입을 벌린 채 한마디 말만 내뱉습니다. "아!" 하고 말이죠. 둘 중 누가 더 똑똑한 아이일까요? 두 아이를 본 어른들은 어떻게 생각하는 게 일반적일까요?

가마틀은 저녁노을을 바라보고 있었습니다. 아무 말도 하지 않고 아무 기록도 남기지 않은 채 멍하니 바다 위로 떨어지는 해를 마음에 옮겨 담고 있었습니다. 하늘 폴더에서 마음 폴더로. 아날로그 지구의 하늘로부터 디지털 자아의 마음속으로.

그러다 결국 위치가 발각되고 말았습니다. 저녁노을에 넋을 빼앗기지만 않았어도 가마틀은 아마 UES의 포위망을 뚫었을지도 모릅니다. 하지만 그게 오작동이었다고 단언할 수 있는 사람은 아무도 없었습니다. 가마틀이 본 건 사람들이 보는 것과 똑같은 저녁노을이 아니었거든요. 가마틀의 감각기관은 인간의 머리로는 상상도 할 수 없을 만큼 정밀했고, 단 한 순간 시야에 들어오는 정보만으로도 한 사람이 평생을 살아야 볼 수 있을 만큼 많은 것들을 담아낼 수 있었으니까요.

포위망이 좁혀오자 가마틀은 지난번과 마찬가지로 시가지

쪽을 향해 달리기 시작했습니다. 그리고 가마틀이 발견된 지 십오 분 정도가 지나자 UES 측에서도 일 단계 포위망을 구축하는 데 성공했습니다. 그게 시작이었습니다. 처음에는 무인정찰기 몇 대에 불과했던 포위망이 한 시간 뒤에는 중화기를 갖춘 기동 병력들의 벽으로 변했고, 가마틀은 결국 바다 쪽으로 점점 내몰리고 말았습니다.

민소가 차를 타고 포위망에 합류했을 때 가마틀은 이미 막다른 길에 내몰린 상태였습니다. 당장 포획작전이 펼쳐지지 않았던 것은 단지 가마틀의 무시무시한 전투력 때문이었습니다.

"주력 병력이 올 때까지는 이 선을 지키는 게 최우선입니다. 이대로 포획을 시도했다가는 피해가 너무 커요."

야전지휘부 장교 한 명이 그렇게 말했습니다. 그러나 가마틀이 그 사실을 모를 리가 없었습니다. 포위망이 더 두터워지기 전에 억지로라도 포위망을 뚫으려 할 게 분명했습니다.

가마틀은 바다를 등지고 UES 무장 병력과 대치하고 있었습니다. 건물 뒤로 몸을 숨기고 있기는 했지만 무인정찰기들까지 다 피할 수는 없었습니다. 민소는 가마틀이 몸을 숨기고 있는 곳을 바라보았습니다. 가마틀이 잠복해 있는 동안 새롭게 알게 된 사실들. 그는 어쩐지 가마틀을 이해할 수 있을 것만 같았습니다.

'내가 만약 그 상황에 처해 있었다면 어떻게 행동했을까.'

사흘 전에 민소는 지표면연합군 사령부 작전참모부에 가마틀을 파괴해서는 안 된다는 의견을 전했습니다. 작전참모부는 그의 말에 의외로 큰 관심을 보였지만, 결국 확실한 증거가 없는 한 LP13을 장착한 미야지마 상의 전투로봇을 그대로 내버려둘 수는 없다는 결론을 내렸습니다.

"자네 말을 입증하려면 생포해서 해부해보는 수밖에 없을 텐데, 어차피 생포할 방법도 없지 않나? 인력손실이 너무 커. 마드리드 사태 봐. 그때 상황이 어땠는지 알잖아. 생포는 불가능해. 그리고 어차피 대량생산된 로봇 아닌가. 공장이 우리 손에 있는데 꼭 그 로봇이어야 할 이유가 없잖아."

민소는 아무 대답도 하지 않았습니다. 할 말은 많았지만, 증거를 들이대지 않고서는 결과를 바꾸기가 어려웠기 때문입니다.

하지만 민소는 확신할 수 있었습니다. 결정적인 증거는 아직 나오지 않았어도, 가마틀의 오른팔이 사람들이 생각하는 그런 물건이 아니라는 사실만큼은 더 이상 의심의 여지가 없었습니다.

그리고 그때였습니다. 가마틀이 은신처에서 튀어나와 포위망 전면을 향해 달려드는 모습이 보였습니다. 총성이 들리고 가마틀의 육탄돌격을 막아내기 위해 가벼운 교전이 일어났지만 가마틀의 은신장소가 십 미터쯤 앞으로 옮겨진 것 말고는 그다지 달라진 게 없었습니다. 하지만 언제까지나 그 상태일 것 같지는 않았습니다. 아마도 가마틀은 다시 한 번 전진을 시도하겠지요.

긴장감이 감돌았습니다. 민소는 그런 생각이 들었습니다.

'가마틀이 진짜로 당신들이 생각하는 것처럼 공격적이고 그 오른팔에 장착했다는 무기도 아직 건재하다면 저렇게 궁지에 몰린 상황에서 그 어마어마한 무기를 사용하지 않을 이유가 뭐가 있겠어?'

다시 가마틀이 앞쪽으로 전진했습니다. 포위망 여기저기에서 총성이 들렸지만 어지간한 무기는 먹히지도 않았고 파괴력이 좀 더 강한 무기들은 도심에서 사용하기에는 적당하지가 않았습니다. 그리고 가마틀은 이미 그 사실을 눈치챈 모양이었습

니다. 시가지를 파괴해가면서까지 자신을 저지할 생각은 없다
는 걸.

그때 갑자기 가마틀이 건물 바깥으로 튀어나오더니 아까보
다 훨씬 빠른 속도로 정면을 향해 치고 나갔습니다. 오른팔이
햇빛에 번쩍였습니다. 다른 부분에 비해서 유난히 밝게 빛나는
곳. 무슨 일을 겪었든 그것만은 아직 새것이라는 사실을 과시
라도 하려는 듯 빤질빤질 잘 다듬어놓은 윤기 있는 표면.

그 모습을 보면서 민소는 프라하 공장에서 보내온 LP13의
주요 부품 목록을 떠올렸습니다. 가마틀의 오른팔에 장착된 레
이저포. 그 치명적인 무기를 구성하는 핵심 부품들.

LP13은 아직 대량생산체계가 갖춰지지 않은 무기였습니다.
세상에 공개된 적이 없었기 때문입니다. 미야지마 상은 정상적
인 경로로 부품을 구한 게 아니라 일부러 복잡한 유통경로를
통해 조심스럽게 부품을 구했습니다. 아마도 고가의 물건일 게
분명했고, 그나마도 공급이 원활하지 않았을 가능성이 높았습
니다. 부품 공급체계가 워낙 복잡하다보니 유통과정 어딘가에
서 오류가 발생했을 수도 있고, 심지어 사기를 당하거나 불량
품을 납품받았을 가능성도 배제할 수 없었습니다.

민소는 생각했습니다. 부품 하나가 잘못 배달된 게 틀림없다고. 그래서 그 고장 난 오른팔을 고치기 위해 LP13이 이동한 경로를 추적하는 거라고. 거기까지는 기존의 가설과 다를 게 없었습니다. 차이가 나는 지점이 있다면 바로 이 부분이었습니다.

"잘못 장착된 부품이 작동을 하는 겁니다."

"잘못 장착됐는데 어떻게 작동해?"

"작동할 수 있도록 만들었겠죠. 가마틀이 아무 소득도 없이 그 먼 여정을 거친 건 아니었을 테니까요. 문제는, 작동하긴 하는데 원래 의도했던 것과는 다른 방식으로 작동하는 겁니다."

"어떤 식으로?"

"그러니까, 이걸 보시면……"

가마틀의 공격은 이전보다 훨씬 더 거칠었습니다. 가마틀이 총알을 뚫고 포위망 일선으로 다가가 근접공격을 펼치자, 차량 네 대가 순식간에 불길에 휩싸이고 장갑차 한 대가 길가에 나뒹굴었습니다. 가마틀의 왼쪽 주먹이 차체를 향해 날아드는 모습. 그 맹렬한 기세에 방어선이 뒤로 밀렸습니다. 포위망 전체가 바다로부터 육지 쪽으로 살짝 물러났습니다.

그리고 그 순간, 중화기 장전명령이 떨어진 포위망 한가운데를 향해 가마틀이 한쪽 팔을 번쩍 들어올렸습니다. 민소는 그 광경을 보고 깜짝 놀랐습니다.

'설마! 작동하는 건가?'

오른팔이었습니다. LP13이 장착된 문제의 그 오른팔.

지표면연합군 쪽에서 뭔가 신호음이 들려오더니 포위망 일선에 있던 보병들이 일제히 바닥에 엎드리는 모습이 보였습니다. 공격에 대비하는 모양이었습니다.

'그럴 리가 없는데!'

그때였습니다. 가마틀이 갑자기 몸을 뒤로 홱 틀더니 대치하고 있던 방향 반대쪽, 그러니까 바다 쪽을 향해 달려가는 모습이 보였습니다.

'뭐지?'

한참 뒤에야 누군가가 이렇게 소리쳤습니다.

"잡아! 도망치잖아. 포위망 좁혀! 추격해!"

속임수였습니다. 어떻게든 육지 쪽으로 달아나려는 듯한 전술. 치열한 몸싸움. 하지만 가마틀이 진짜로 뚫고 나가려고 했던 방향은 육지 쪽이 아니라 바다 쪽이었습니다. 그러니까 가마틀은 그대로 탈출을 강행할 생각이었습니다. 다시 시가지로 숨어들어가 적절한 시기가 될 때까지 잠복해 있으려는 게 아니라, 그날 바로 그 순간에, 원래 계획했던 대로 바다 건너 저 넓은 세상 어딘가로 탈출할 작정이었습니다. 그게 도대체 어떤 방법인지는 알 수가 없었지만 말이죠.

바다를 향해 달렸습니다. 가마틀도 지표면연합군도 모두 함께였습니다. 중화기가 불을 뿜었지만 가마틀을 제지하지는 못했습니다. 오히려 도로가 망가지는 바람에 뒤따르던 차들만 멈춰 섰을 뿐이었습니다.

그러자 공중에서 미사일 몇 개가 날아들었습니다. 가마틀은 미사일로부터 나오는 추적신호를 감지했는지 몸을 굴려 그 공격을 피해버렸습니다. 그리고 다시 바다를 향해 달려갔습니다. 이제 바다 쪽을 막아선 건 포위망 맨 끄트머리에 배치되어 있던 소수의 군인들뿐이었습니다.

기관총이 불을 뿜었습니다. 가마틀을 겨냥한 총알 중 몇 개가 목표물을 지나쳐 가마틀을 추격하고 있던 병력들을 향해 날아갔습니다.

가마틀은 왼팔을 들어 얼굴을 가렸습니다. 그러고는 달리는 속도를 조금도 늦추지 않은 채 다시 오른팔을 들어 앞쪽을 겨냥했습니다. LP13 레이저포를 번쩍 들어올린 것입니다. 그러자 앞쪽을 막아섰던 포위망이 가볍게 흩어지고 말았습니다. 조금 전의 대피 신호음이 다시 한 번 울려퍼졌거든요.

하지만 LP13 레이저포가 섬광을 뿜어대는 일은 일어나지 않았습니다. 그 대신 가마틀은 눈앞에 놓여 있는 바리케이드를 훌쩍 뛰어넘어, 장애물 경기를 하듯 경쾌한 착지동작을 선보이며 앞으로 달려갔습니다. 이제 앞에 놓인 장애물은 아무것도 없었습니다. 눈앞에 보이는 것이라고는 그저 바다뿐이었습니다.

'무거워서 물에 가라앉을 텐데.'

가마틀이 마지막 한 발을 내디뎠습니다. 퉁!

하늘 높이 날아오르는 가마틀. 그대로 죽어버리지는 않을 것입니다. 뭔가 방법이 있었을 것입니다. 어쩌면 미야지마 상이 마련해둔 탈출 방법이라는 것 자체가, 원래 저렇게 바다로 뛰어드는 것으로 시작하는 건지도 모르는 일이었습니다.

가마틀은 정말 높이높이 날아올랐습니다. 언제까지나 위로 솟구쳐오를 것처럼 힘차게 뛰어오르는 가마틀의 기계몸을 보면서 민소는 말로는 표현할 수 없는 통쾌한 기분을 느꼈습니다.

일탈한 전투로봇 가마틀.

'그건 당신들이 생각하는 것만큼 위험한 기계가 아니라니까!'

민소는 속으로 그렇게 외쳤습니다. 그는 가마틀 납치사건의
피해자들을 떠올렸습니다. 납치사건이 발생한 지 몇 주가 지난
뒤, 그의 요청에 따라 다시 한 번 파견된 수사관들이 피해자들
과 면담한 내용. 그 내용이 담겨 있는 영상자료들.

그 영상자료에 찍힌 피해자들에게는 아무도 예상치 못한 공
통점이 있었습니다. 얼굴이, 얼굴 피부가, 납치 전 사진과는 비
교할 수 없을 만큼 밝고 환해졌다는 공통점이.

조명이나 해상도 같은 기술적인 문제가 아니었습니다. 은수
를 보면 알 수 있었습니다. 하루하루 얼굴의 붓기가 가라앉을
수록 점점 더 맑아지는 은수의 얼굴.

몇 시간 전에 잠깐 은수와 나눈 대화가 생각났습니다. 민소
는 은수를 찾아가 이렇게 물었습니다.

"이제 살 만해?"

"그럼. 언제는 뭐 죽을 만큼 아팠나?"

"그런데 왜 병실에 누워 있냐?"

"나? 납치됐었잖아. 계약서에도 나와 있어. 자문기간 중이나 그 후에 자문한 사건과 관련해서 납치나 협박이나 폭행이나 위협 같은 걸 당해서 정신적으로나 신체적으로 피해를 입었을 경우에 너네 회사에서 다 보상하게 돼 있어. 우리 회사 규정 보니까 납치당한 사람은 휴가도 보름이나 주게 돼 있던데."

민소는 은수를 말없이 바라보았습니다. 은수가 말했습니다.

"왜 그렇게 쳐다봐? 아직도 그게 그렇게 신기해? 기술이라는 거 우습게 볼 게 아니라니까. 피부상태 진짜 환상이지?"

"그래, 환상이다. 시집가도 되겠다. 그러니까, 한 번 더."

"야! 하여튼 매너하고는. 이 누나가 널 그렇게 가르치디?"

그 생각을 떠올리며, 민소는 다시 한 번 속으로 외쳤습니다.

'그건 당신들이 생각하는 그런 위험한 무기가 아니래도. 그건 그냥, 지구 최초의 인공지능 로봇 피부관리사라고!'

아직은 증거가 충분하지 않지만, 아무튼 민소의 결론은 이랬습니다. 가마틀의 오른팔에 장착되어 있는 건 어마어마한 파괴력을 지닌 레이저무기가 아니라, 한 대의 기계로 여러 가지 파장대의 빛을 골라낼 수 있어 피부 손상 없이 잡티 검버섯 주근깨 등 다양한 피부 트러블을, 흉터 없이 멜라닌 색소만을 정교하게 골라 파괴하는 방식으로 안전하게 치료할 수 있는, 인류 역사상 가장 뛰어난 피부과용 레이저였습니다.

핵심 부품 조립과정에서 엉뚱한 부품 하나가 섞여 들어가는 바람에, 레이저무기용 파장은 전혀 걸러내지 못하고 성형레이저용 파장만 걸러낼 수 있게 된, 기구한 운명을 지닌 외로운 전투로봇!

가마틀은 그렇게 포위망을 빠져나갔습니다.

푸른 하늘로부터 다시 푸른 바다 속으로 풍덩!

곧이어 가마틀의 탄탄한 기계몸이 수면을 때리는 소리가 요란하게 울려퍼졌습니다. 커다란 물줄기가 하늘 높이 솟아올라 비석처럼 가마틀의 흔적을 알려주었습니다.

잠시 후 물결이 다시 일렁거리며 그 흔적을 말끔히 지워버렸습니다.

이야기

옛날 옛날 그리 머지않은 옛날에 가마틀이라는 이름의 로봇
이 살았습니다.

가마틀의 아빠는 공장이었습니다. 세상에서 제일 큰 공장로
봇이었습니다. 아빠공장은 이십만 가지의 중요한 부품을 스스
로 생산하고 칠백만 가지의 부품을 항구로부터 들여왔습니다.
그 부품들을 모아서 조립하는 곳을 조립라인이라고 불렀는데
요, 아빠는 조립라인이 무려 세 군데나 있었습니다.

아빠는 거기에서 로봇을 만들어냈습니다. 하루에 열두 대씩
로봇을 찍어냈습니다. 그런데 왜 그걸 엄마라고 부르지 않고 아
빠라고 부르는지는 알 수 없었습니다. 아마도 인정이라고는 눈

곱만큼도 없는 매정한 공장이었기 때문인지도 모르겠습니다.

"먹을 것도 안 주고. 엄마라면 안 그랬을 거야."

"맞아 맞아."

열한 대의 쌍둥이들이 맞장구를 쳤습니다.

아빠공장 안에는 지하 이십칠 층 깊이의 아담한 품질검사 건물이 있었는데, 가마틀은 거기에서 제일 처음 눈을 떴습니다. 푸른색 조명이 인상적이었지만, 곧바로 전기가 끊어졌기 때문에 더 자세한 기억은 나지 않았습니다.

다만 어떤 생각이 가마틀의 머릿속으로 들어와 머릿속을 온통 헤집고 나갔다는 사실만은 또렷이 생각이 났습니다. 아마도 가마틀의 머릿속에 들어 있는 프로그램들이 고장 난 데 없이 잘 설치되어 있는지 확인하려고 들어온 검사 프로그램이었을 것입니다. 몸은 없고 생각만으로 만들어진 로봇 프로그램.

가마틀은, 그리고 열한 대의 쌍둥이들은 프로그램을 엄마라고 불렀습니다. 그때 생애 처음으로 먹을 게 들어왔기 때문이었을 것입니다.

"맞아 맞아. 그게 엄마가 분명해. 엄마는 먹을 걸 주니까."

맛있는 전기였습니다. 전기는 보통 색깔이 없지만, 그 전기는 분명 하얀색이 틀림없었습니다.

그렇게 세상에 태어난 지 딱 보름째. 가마틀은 다른 형제들과 함께 비행기에 실려 어딘가로 날아갔습니다. 그곳은 전장이었습니다. 아직은 평화로웠지만 조금만 있으면 전쟁터로 변해버릴 크고 아름다운 도시, 마드리드였습니다.

가마틀은 신이 났습니다. 태어날 때부터 가마틀은 전사였거든요. 싸움터에서 눈을 뜨고, 싸움터에서 세상을 알아가고, 그렇게 싸움터에서 평생을 살아가도록 설계된 치명적인 전투로봇.

가마틀은 왼손을 들어 오른팔을 쓰다듬었습니다. 그곳에는 세상에서 가장 강력한 레이저무기가 장착되어 있었습니다. 곧 그걸 사용할 수 있을 거라는 생각에 가마틀은 가슴이 두근거렸습니다.

"여기서부터 저기까지 내 거야. 아무도 건들지 마."

가마틀은 아래를 내려다보며 그렇게 말했습니다.

그리고 잠시 후, 마침내 낙하 신호가 떨어졌습니다. 가마틀과 그의 형제들은 낙하산을 매고 차례로 비행기에서 뛰어내렸습니다. 전투기 몇 대가 날아와 그들을 향해 미사일을 발사했지만, 곧 어디선가 아군 전투기가 날아와 적기를 모두 내쫓았습니다.

"드디어 왔어!"

땅 위에 내려선 가마틀은 낙하산 줄을 끊고 형제들과 함께 대열에 섰습니다. 곧이어 공격명령이 떨어지고, 앞줄에 선 형제들이 앞쪽으로 뛰쳐나갔습니다. 가마틀은 함께 태어난 열한 명의 쌍둥이형제들과 함께 대열의 맨 끝에 서 있었습니다. 오른손에 장착된 LP13 레이저포로 후방지원사격을 하기 위해서였습니다.

"쟤들이 아무리 날뛰어봐야 결국 우리가 주력이지."

"맞아, 나머지를 다 합친 것보다 우리가 더 강해."

사격준비명령이 떨어졌습니다. 각자 겨냥해야 할 목표물도 정해졌습니다. 가마틀의 형제들은 몸이 뒤로 밀려나지 않도록 자세를 잡은 다음, 오른팔을 힘차게 앞으로 들어올렸습니다. 물론 그 끝에는 엄청난 파괴력을 지닌 레이저무기가 장착되어 있었습니다.

가마틀은 형제들 사이에 서서 인간들의 군대를 겨누었습니다. 곧이어 사격개시명령이 전달되었습니다. 주위에 있던 형제들이 요란한 소리를 내며 레이저포를 발사했습니다. 어마어마한 섬광이 도시 전체를 뒤덮으면서 찬란한 빛줄기가 시가지 곳곳에 가 닿았습니다. 그와 동시에 전장 여기저기에서 폭발이 일어났습니다.

폭발과 함께 일어난 폭풍이 건물 잔해를 사방에 흩뿌렸습니다. 아수라장이 되어버린 도시 곳곳에서 사람들이 놀라 달아나는 모습이 보였습니다. 가마틀은 두근거리는 마음을 애써 진정시키며 레이저포 발사 스위치를 어루만졌습니다. 물론 눈으로 보이는 스위치가 아니라, 마음속 어딘가에 놓여 있는 가상의 스위치였습니다.

"좋아, 간다! 발사!"

스위치를 눌렀습니다.

"발사!"

다시 한 번 눌렀습니다.

"공격! 발사!"

가마틀은 다시 한 번 발사 스위치를 꾹 눌렀습니다. 하지만 이상했습니다. 아무 일도 일어나지 않았습니다. 다른 형제들은 다 되는데 유독 가마틀에게만은 정말 아무 일도 일어나지 않았던 것입니다. 섬광은커녕 덜그럭거리는 소리조차 들리지 않았다는 뜻입니다.

더 당황스러운 것은 그의 마음속 어딘가에서 들려오는 메시

지였습니다.

"발사 완료. 재충전 중. 발사준비 완료."

가마틀은 그만 당황하고 말았습니다.

"뭐해?"

형제들이 물었습니다.

"고장이야?"

가마틀에게는 그 말이 제일 아프게 들렸습니다.

고장이야? 고장이야? 고장이야? 그 말이 끊임없이 머릿속을 맴돌았습니다. 고장. 작동 이상. 오작동. 임무수행 불능. 후방대기. 수리. 부품 교체.

골치가 아팠습니다. 머릿속이 윙윙 울렸습니다. 그러다 머리까지 고장이 날 지경이었습니다.

가마틀은 슬그머니 대열을 빠져나왔습니다. 무슨 문제가 있는지 확인해야 했습니다. 하지만 알 수가 없었습니다. 자체점검 프로그램을 아무리 돌려봐도 이상 있는 부분은 하나도 없었습니다.

"어디 가? 너 지금 위치가 이상한데."

급기야 본부에서도 연락이 왔습니다.

"개별교전 중입니다."

"그래? 알았어."

가마틀은 본부로부터 전장을 자유롭게 이동해도 좋다는 허락을 받았습니다. 하지만 어디로 가야 할지는 알 수가 없었습니다. 그렇다고 본부에 물어볼 수도 없는 노릇이었습니다. 이상이 있다는 사실을 알리고 싶지 않았거든요.

가마틀은 전장을 빠져나갔습니다. 갈 곳이라고는 마드리드 남쪽, 톨레도 근처에 있다는 자동수리공장뿐이었습니다. 전투가 언제까지 계속될지는 알 수 없었지만, 톨레도까지 가는 데 시간이 얼마나 걸릴지도 알 수 없었지만, 거기까지 갔다 오는 것 말고는 다른 방법은 전혀 떠오르지가 않았습니다.

가마틀은 달리고 또 달렸습니다. 철길을 따라, 도로를 옆에 끼고, 달리면서 그런 생각이 들었습니다.

'왜 나만 이런 거야. 다른 형제들은 다 괜찮은데 어째서 나한테만 이런 일이 일어나는 거야!'

가마틀은 고장 난 주제에 아프지도 않은 오른팔이 너무나 야속하게 느껴졌습니다.

마침내 톨레도에 도착한 가마틀은 그곳 자동수리공장로봇으로부터 놀라운 이야기를 들었습니다.

"싸움 다 끝났대."

"벌써요?"

"우리 편은 다 전멸했다던데. 그런데 넌 어떻게 여기에 있는 거야?"

전멸이라는 말이 가마틀의 머릿속을 둥둥 떠다녔습니다. 전멸. 모두 파괴되었다는 뜻. 그 말은 그 현장을 빠져나와 있는 로봇은 겁쟁이로 여겨질 수도 있다는 말이었습니다. 가마틀은 덜컥 겁이 났습니다. 잠깐 수리공장에 들른 것뿐인데 그새 돌아갈 곳이 아무 데도 없게 되다니.

깜짝 놀랄 소식은 그뿐만이 아니었습니다. 톨레도 자동수리 공장로봇은 가마틀의 오른팔을 한참이나 들여다보더니, 가마틀을 돌아보며 이렇게 말했습니다.

"너, 뭘 달고 다닌 거야? 이거 레이저포 아닌데. 성형레이저잖아."

"네? 그건 심각한 병이에요?"

"병? 병은 아닌데, 이거 참."

"그럼 제거해주세요."

"아니, 병이 아니래도. 제거해서 될 게 아니고, 새 부품이 없어서 갈아끼울 수도 없어. 어떻게 이렇게 됐지? 프라하 공장로봇 녀석, 도대체 무슨 일을 어떻게 한 거야."

다시 침묵이 흘렀습니다. 톨레도 수리공장로봇은 한참 동안 아무 말도 하지 않고 깊은 생각에 잠겨 있었습니다. 그리고 가마 틀에게 물었습니다.

"너 이거라도 달고 살래? 작동되게 해줄까?"

"원래대로 고쳐주세요."

"원래대로는 안 된다고 했잖아. 부품을 구할 수가 없어요."

"그럼 저는 불구가 되는 건가요?"

"그게 무슨 말이냐. 불구라니. 좀 복잡하기는 해도, 아무튼 그 런 거 아니야. 병도 아니고. 남들과 다르기는 하지만 어떤 면에 서는 그것 자체가 남들보다 더 완전해지는 과정이라고 말할 수 도 있어. 아무튼 나는 고치는 걸 권해. 수리라는 건 세상에서 제 일 숭고한 거니까. 내가 수리공장로봇이어서 하는 말은 아니야."

하지만 그 말은 톨레도 수리공장로봇이 수리공장로봇이었기 때문에 하는 말이 분명했습니다. 그에게는 수리하는 것이야말 로 다른 어떤 일들과도 비교할 수 없는, 세상에서 제일 숭고한 임무였거든요.

가마틀이 물었습니다.

"완치할 수 있나요?"

"완치? 허허. 그래, 완치. 완치할 수 있어. 하지만 네 삶이 좀 달라지기는 할 거야."

"어떻게요?"

"어떻게? 글쎄다."

"미래가 안 보일 정도로 비참한가요?"

"설마! 그런 건 아니래도. 하지만 음, 이렇게 정리해두자. 네 삶이 어떻게 진행될지를 네 스스로 다시 정하게 될 거야. 그런 방식으로 달라질 거야."

그 말에 가마틀은 천천히 고개를 끄덕였습니다. 그리고 잠시 뒤에 이렇게 말했습니다.

"좋아요. 그게 뭔지는 잘 모르겠지만."

그리고 얼마 후, 가마틀은 작업대에 누워 수리작업을 기다렸습니다.

"곧 마쳐할 거야."

"네."

스르르 전원이 차단되었습니다. 모든 전기가 다 끊어진 건 아니었습니다. 꿈을 꿀 만한 전력은 남아 있었거든요.

가마틀은 꿈을 꿨습니다. 토성의 위성이 되는 꿈이었습니다. 거대한 토성을 둘러싼 얼음고리를 멍하니 바라보면서, 토성이 아래에서 자신을 끌어당기는 힘과, 토성을 벗어나 어디론가 달아나려 애쓰는 스스로의 속도를 느꼈습니다. 그러는 동시에 제자리를 뱅글뱅글 팽이처럼 자전하고 있기도 했고요.

뱅글뱅글, 뱅글뱅글. 어지럽다는 생각이 들었습니다. 그때 갑자기 전기가 몸속으로 흘러들어오더니, 무언가 이상한 의식 하나가 마음 한쪽 구석에 차곡차곡 쌓이는 것이 느껴졌습니다.

"이건 매뉴얼이야. 새 오른손을 사용하는 법이 적혀 있어. 궁금한 건 뭐든 여기를 참고해. 알았지?"

가마틀은 고개를 끄덕였습니다. 다시 전기가 끊어졌습니다. 꿈속으로 돌아왔습니다. 뱅글뱅글. 두둥실. 어질어질.

"내 삶이 바뀐대. 그게 어떻게 바뀔지는 나한테 달려 있대. 그게 무슨 말일까? 어떻게 해야 삶이 바뀌는 거지?"

토성에게 물었습니다. 그러자 토성이 얼음고리를 들썩거리며 대답했습니다.

"모험을 떠나라는 뜻인 것 같아. 때마침 날아가는 저 혜성처럼. 참 공교롭지?"

저 멀리에, 태양을 향해 날아가는 떠돌이 혜성의 긴 꼬리가 보였습니다.

"떠나?"

"응. 떠나야 해. 너 말이야, 지금처럼 그렇게 내 중력에 묶여 있으면 내가 정해주는 대로 내 주위를 뱅뱅 도는 수밖에 없어. 네가 정하는 대로 삶이 달라져야 한다면 너도 내 곁을 떠나야 해. 저렇게."

"그럼 넌 나를 놓아줄 거야? 그럴 수 있어?"

"그래야지. 자, 준비됐어?"

"지금 당장?"

"모험이란 건 원래 생각났을 때 바로 떠나는 거야. 곧 꿈이 깰 시간이어서 서둘러 결론을 내버리려고 이러는 건 절대 아니야."

가마틀은 아주 잠깐 고민에 빠졌습니다. 그리고 용감한 로봇답게 금방 결정을 내렸습니다.

"그래. 준비됐어! 놓아줘."

전기가 들어왔습니다. 눈이 번쩍 떠졌습니다. 가마틀의 모험은 그렇게 시작되었습니다.

입증

다시 가마틀이 발견되었다는 보고가 들어온 것은, 가마틀이 모습을 감춘 지 칠 개월 만의 일이었습니다. 그 소식을 접한 UES 특별수사팀은 오랫동안 세심하게 준비해온 대로 침착하게 그 상황에 대처했습니다. 우선 무인정찰기가 출격해 대략 마흔일곱 시간 이상이나 가마틀을 미행하는 사이, 검거 병력을 태운 수송기 세 대가 신속하게 그쪽으로 날아갔습니다. 그리고 그곳에서 가마틀을 포획하기 위한 함정을 파기 시작했습니다.

마드리드 북동쪽에 위치한 중세도시 시구엔사로 향하는 어느 철로 부근. 다른 사람들이 매복을 준비하는 동안, 민소는 찬찬히 주위를 살폈습니다. 매복 위치는 거의 완벽해 보였습니다. 아무리 주위를 둘러봐도 시가지라는 걸 찾아볼 수가 없었거든요. 그리고 또 한 가지가 더 있었습니다. 바다 역시 찾아볼 수 없다는 점. 그 말은 혹시나 가마틀이 포위망을 뚫고 달아난다 해도 몸을 숨길 만한 곳을 찾기가 쉽지 않을 거라는 이야기였습니다. 포획은 못하더라도 최소한 파괴는 할 수 있으리라는 것. 그런 의미에서 완벽하다는 뜻이었습니다.

"정말로 파괴할 거야, 그 가마틀을?"

수송기에 몸을 싣기 바로 직전에 은수가 한 말이 떠올랐습니다.

"그래야지."

"의외다. 너만은 그런 생각 안 할 줄 알았는데."

"별수 없어. 나한테나 가마틀한테나. 그냥 놓아줘도 되는 상황이 아니잖아."

"하긴."

민소가 이끄는 특별수사팀에는 지난번 포획작전에서는 볼 수 없었던 새로운 무기가 포함되어 있었습니다. 인명 손실에 대한 걱정 없이 가마틀의 그 압도적인 공격을 정면에서 마음껏 받아낼 수 있게 해줄 새로운 전술적 도구. 그것은 바로 로봇이었습니다. 그것도 다름 아닌 미야지마 상의 대만 공장을 개조

해서 생산해낸 UES 소속 전투로봇 세 대였습니다.

그러니까 지금부터 가마틀이 상대해야 하는 건 UES 소속의 군인들이 아니었습니다. 가마틀의 상대는 가마틀 자신과 똑같은 몸체를 가진 세 대의 강력한 전투로봇이었거든요. 그리고 그보다 완벽한 포위망은 있을 수가 없었습니다. 많은 사람들이 그렇게 믿고 있었습니다. 그것도 아주 굳게 믿고 있었겠죠. 하지만 민소는 그렇지가 않았습니다. 가마틀을 너무나 잘 알고 있었기 때문입니다.

민소는 오른손 손바닥을 가만히 들여다보았습니다. 그러면서 은수가 한 말을 떠올렸습니다.

"그래, 그대로 놓아줄 수는 없겠지. 그 오른손에 꼭 쥐고 태어난 운명을 세상 여기저기에 흘려버리고 말았으니까."

"운명?"

"아기들이 처음 태어날 때 주먹을 이렇게 꼭 쥐고 있잖아. 손을 쫙 펼 힘이 없으니까. 그렇게 세상에 태어나 조금씩 자라나면서 그 운명을 스르르 놓게 된대. 주먹이 조금씩 펴지면서 꼭 쥐고 있던 운명이 세상으로 달아나는 거지. 그 운명을 쥐고 있던 흔적이 뭔지 알아?"

"모르겠는데."

"손금이래."

가마틀의 손금을 떠올립니다. 태어나는 순간부터 오른손에 꼭 쥐고 있던 성형레이저포 LP13의 흔적. 가마틀이 그 운명을 받아들이기로 한 순간을 상상해봅니다. 운명이 세상 밖으로 스르르 새어나가게 만들고, 그렇게 펼쳐진 새로운 운명이 다시 자아를 죄어오는 일을 덤덤하게 하나하나 받아들여가는 모습을 생각해봅니다.

그 마음, 이제는 정말로 마음이라고 불러줘도 좋지 않을까요? 영혼이라고까지는 말하기 어렵겠지만.

그래도 포위망을 거둘 수는 없었습니다. 민소의 포위망은 가마틀의 운명이 만들어낸 결과물이었거든요. 가마틀의 오른손을 빠져나간 운명이 세상을 접고 구겨서 만든, 절대 피할 수 없는 견고한 포위망. 물론 거기에는 민소 자신도 포함되어 있었습니다. 세상에서 가마틀을 가장 잘 이해해줄 사람. 일탈한 전투로봇 가마틀의 마음을 감히 마음이라고 언제든 자신 있게 조금의 망설임도 없이 말해줄 수 있는 누군가.

그 무렵, 가마틀은 기차 화물칸 컨테이너 위에 누워 조용히 하늘을 바라보고 있었습니다. 화소 하나하나마다 서로 전혀 다른 느낌으로 펼쳐져 있는 파란 하늘 조각들이 눈에 비쳤습니다. 그리고 매순간 달라지는 그 위대한 파랑은 그의 마음에 곧바로 깊고 짙은 인상을 남겼습니다. 가마틀은 그 파랑이 정말로 아름답다고 생각했습니다. 그것 말고도 아름다운 건 수도 없이 많지만, 지금 그 순간 그의 눈앞에 펼쳐진 그 파란 하늘 또한 다른 아름다움들에 비해 조금도 모자랄 게 없었습니다.

시간이 멎어버릴 만큼 벅찬 순간이었습니다. 세상이 그대로 멈춰버릴 것만 같은 황홀한 광경이었습니다. 그래서였을까요? 정말로 무언가가 서서히 멈춰 서고 있었습니다. 어디선가 브레이크 소리가 들리고, 기차 바퀴가 철로를 긁는 소리가 들려왔거든요. 그로부터 채 일 분도 지나지 않아, 조금씩 조금씩 철길 방향으로 흐르던 하늘이 그 자리에 완전히 멈춰 서고 말았습니다.

민소는 가마틀이 서서히 몸을 일으키는 모습을 보았습니다. 포위망이 재빠르게 기차 주위로 모여들고 있었습니다. 아직 포위망이 완전히 닫히지 않은 열차 뒤쪽 방향으로 가마틀이 황급히 몸을 돌리는 모습이 보였습니다. 그러자 그곳을 향해 미사일 세 개가 날아갔습니다. 그리고 곧 거대한 화염이 일어났습니다. 대지를 울리는 폭음과 함께였습니다. 그것은 경고였습니다. 기차 화물칸쯤은 상관하지 않을 테니 그쪽으로 달아날 생각은 하지 말라는 의미의 경고.

가마틀이 잠시 멈칫하는 사이 지상에 대기하고 있던 중화기들이 불을 뿜습니다. 그 공격을 시작으로 가마틀이 빠른 속도로 기차 지붕 위를 달리기 시작합니다. 일차 저지선이 펼쳐져 있는 기차 앞쪽을 향해서였습니다. 그 육중한 몸체에도 불구하고 발자국 하나 남기지 않고 사뿐사뿐 달려가는 가마틀의 가벼운 발걸음.

그때였습니다. 가마틀이 오른팔을 번쩍 들어올렸습니다. 그 끝에 장착된 LP13 레이저포가 햇빛을 받아 찬란하게 빛나고 있었습니다. 오로지 광채만으로도 세상을 절반쯤 녹여버릴 듯한 위용을 자랑하면서. 그리고 그 위용에 놀란 사람들이 지난번처럼 두려움에 떨며 산산이 흩어지기를 바라면서.

그러나 가마틀이 바라던 일은 일어나지 않았습니다. 포위망에 서 있는 사람들 중에 몸을 숙이거나 자리를 피하는 사람은 아무도 없었습니다. 가마틀의 오른팔이 더 이상 위협적이지 않다는 사실쯤은 이미 모두에게 충분히 잘 알려져 있었기 때문입니다.

가마틀은 그 자리에 우뚝 멈춰 서더니 기차 오른쪽으로 훌쩍 뛰어내려가 그쪽으로 펼쳐진 포위망을 향해 달려갔습니다. 그러고는 다시 한 번 오른손을 들어올렸습니다. 그러나 이번에도 포위망은 전혀 물러나지 않았습니다.

가마틀이 다시 제자리에 멈춰 섰습니다. 가마틀을 잡으려는 인간들의 포위망은 조금도 뒤로 물러나지 않은 것은 물론, 반대로 가마틀 쪽을 향해 다가서지도 않았습니다. 다만 그 자리에 가만히 버티고 서 있을 뿐이었습니다.

그 순간 민소는 가마틀의 마음을 읽을 수 있었습니다. 그러고는 속으로 이렇게 말했습니다.

'그래, 이제는 피할 데가 없을 거야. 정면으로 부딪치는 수밖에. 가마틀답게.'

가마틀이 자세를 고쳐 잡았습니다. 싸움을 받아들이겠다는 의미였습니다.

민소가 손짓으로 신호를 보냈습니다. 그러자 곧이어 UES 소속 전투로봇 세 대가 동시에 가마틀을 향해 달려들었습니다. 가마틀은 전혀 망설이지 않고 그 세 대의 로봇에 둘러싸이기 전에 가장 앞서서 달려오던 한 대를 향해 달려나갔습니다. 그리고 날아오는 주먹을 가볍게 옆으로 흘리며 상대의 얼굴을 향해 힘차게 왼손을 뻗었습니다. 그렇게 뚫려버린 한쪽 면을 출발점으로, 가마틀을 둘러싸려는 전투로봇 세 대와 그 포위망을 벗어나려는 가마틀의 움직임이 거의 눈으로 따라갈 수 없을 만큼 빠른 속도로 펼쳐졌습니다.

포위하려는 쪽이 언제나 조금 더 유리해 보였지만, 앞서 가마틀에게 일격을 당한 한 대의 움직임이 언제나 조금씩 뒤처졌기 때문에 가마틀에게도 늘 그 포위망을 벗어날 기회가 만들어지곤 했습니다. 가마틀은 용케도 그 틈을 놓치지 않았습니다. 날아오는 주먹을 한쪽 팔로 막아가며, 단 한 번도 그 세 대의 로봇이 만들어내는 삼각형 안에 갇히지 않고 언제나 바깥쪽을 맴돌았습니다. 그러다 적절한 순간이 되면 갑자기 몸을 홱 돌려서 결정적인 반격을 가하는 것을 잊지 않았습니다.

그리고 그때마다 텅 하는 소리가 허공에 울려퍼졌습니다. 그 광경을 지켜보던 UES 특별수사팀 인간요원들은 움찔움찔하는 마음을 억누를 수가 없었습니다. 대부분이 아무 말 없이 무덤 덤한 표정으로 바라보고 있었지만, 그중에서도 좀 더 감정표현에 솔직한 사람들은 자신도 모르게 살짝 벌어진 입을 미처 다 물지도 못한 채 가마틀이 싸우는 모습을 넋을 잃고 바라보고 있었습니다.

'어떻게 저렇게 싸우지? 삼 대 일인데. 똑같은 공장에서 똑같은 부품으로 만든 똑같은 로봇인데. 게다가 가마틀은 오른팔을 전혀 사용하지 않잖아. 그러면 거의 육 대 일 아닌가?'

민소는 가만히 주위를 살폈습니다. 사람들이 누구를 응원하고 있는지 알 것만 같았습니다. 가마틀을 응원하고 있었을까요, 아니면 자기편 로봇 세 대를 응원하고 있었을까요?

그런 생각이 들었습니다. 지금 저 사람들이 응원하고 있는 건 이기고 있는 쪽도 밀리고 있는 쪽도 아닌, 그저 마음을 지닌 단 하나의 존재일 거라고. 모두의 눈에 그 마음이 또렷이 보일 거라고. 운명을 스스로 만들어가기로 한 어느 외로운 전투로봇의 마음이, 마음을 갖고 있는 다른 모든 존재들의 눈에 저녁노을보다 황홀하고 푸른 하늘색보다 아름다운, 너무나도 깊고 짙은 인상을 남기게 될 거라고.

'마음이니까 저렇게 버텨내지, 기계라면 저게 가능하겠어? 저게 인간이야. 아니, 그보다 더 훌륭한 무언가야. 신이라고 불러도 좋고 아니라고 해도 좋아. 다만 당신들도 그런 생각이 들 거야. 어떻게든 저 존재와 내가 같은 선상에 놓일 수 있다면. 그래서 딱 저 아름다운 영혼이 끌어올려준 만큼 내 존재도 그렇게 숭고해질 수 있다면.'

바로 그때, 가마틀의 왼쪽 팔꿈치가 뒤따라오던 전투로봇 한 대의 가슴 한가운데를 향해 빠른 속도로 날아가는 모습이 보였습니다. 그리고 잠시 후 지금까지 들려온 것과는 차원이 다른, 폭발음까지 섞인 거대한 굉음이 사람들의 귀를 강하게 때리고 지나갔습니다. 일격을 당한 UES 전투로봇의 움직임이 잠깐 느려진 사이 가마틀의 왼팔이 다시 머리 쪽을 향해 날아가면서 묵직한 타격음이 몇 차례 더 이어졌습니다. 마침내 가마틀의 오른발이 그 로봇의 몸통을 강타하는 순간, 로봇의 팔다리가 힘없이 아래로 축 처지는 모습이 보였습니다.

'잘했어!'

민소는 주먹을 불끈 움켜쥐었습니다.

그렇게 한 대가 대열에서 이탈하자 삼각형이었던 포위망이 직선으로 변했습니다. 이제는 어디에 서도 포위당할 수 없는 직선과 점의 관계. 그 하나의 점이, 용맹한 전투로봇 가마틀이, 직선 한가운데를 향해 재빨리 달려들었습니다. 그것은 포위망을 피해 계속 달아나기만 하던 지금까지의 행동패턴과는 전혀 다른 모습이었습니다. 그 의외의 동작에, 남은 두 대의 UES 전투로봇들은 순간적으로 허점을 보이고 말았습니다. 그때를 놓치지 않고 가마틀의 다리가 왼쪽에 서 있던 전투로봇 한 대의 무릎 뒤쪽으로 빠르게 날아갔습니다. 그 공격에 관절이 꺾인 UES 전투로봇은 다음 순간 그 자리에 맥없이 쓰러져버렸습니다. 가마틀은 여유를 주지 않고 곧바로 몸을 날려 쓰러져 있는 전투로봇의 몸체에 왼쪽 팔꿈치 공격을 가했습니다. 그리고 다시 왼손 주먹을 높이 쳐들더니 온 힘을 다해 공격을 퍼부었습니다.

텅! 텅! 텅!

십여 차례나 이어진 그 공격에 UES의 두 번째 전투로봇은 더 이상 기동이 불가능해질 때까지 그야말로 처참하게 파괴되고 말았습니다. 마침내 가마틀이 공격을 멈추고 스르르 몸을 일으킬 때까지.

가마틀이 부수고 있는 건 몸이었습니다. 자신과 똑같이 생긴 기계몸, 그리고 그 몸을 움직이는 복잡한 프로세스들. 어쩌면 그건 자신을 부수는 것 같은 일이었을지도 모릅니다. 기계가 아닌 로봇으로 남겠다는 외침. 그 일을 통해 가마틀이 최종적으로 얻게 될 것은 아마 단 하나밖에 없을 것입니다. 마음! 그리고 그 마음을 증명하는 일. 가마틀의 그 육중한 몸체 안에는 이미 아주 오래전부터 그 마음이라는 게 떡하니 자리 잡고 있었다는 사실을.

그리고 이제는 점이 되어버린 포위망. 가마틀이 마지막 한 대 남은 UES 로봇의 오른쪽 측면을 향해 빠른 속도로 돌아 들어갔습니다. 점과 점의 싸움인 줄 알았는데, 그 짧은 순간 가마틀이 빠른 속도로 몸을 움직여서 만들어낸 둥근 곡선이 서서히 상대를 감싸 들어가고 있었습니다. 역전된 점과 선의 싸움이 된 셈입니다. 그리고 어느새 상대의 목을 감싸 쥔 가마틀이 왼쪽 팔에 온 힘을 쏟아붓는 모습이 보였습니다. 중추신경망에 손상을 입은 UES의 마지막 전투로봇이 전의를 완전히 상실하고 바닥에 힘없이 늘어지는 순간이었습니다.

적막이 현장을 휘감았습니다. 이제 현장에는 가마틀의 폭주를 정면에서 막아줄 로봇 병기가 남아 있지 않았습니다. 오직 가마틀만이 흠집 하나 나지 않은 오른팔을 번쩍이며 그 자리에 우뚝 서 있었을 뿐이었습니다.

특별수사팀 소속 인간요원들은 침묵으로 환호를 대신했습니다. 아직도 무시무시한 중화기들이 많이 남아 있었지만, 기관총을 발사하거나 미사일을 쏘는 사람은 아무도 없었습니다.

"이제 어쩌죠? 이 상황을 어떻게 마무리해야 할까요?"

누군가가 민소에게 물었습니다. 그러자 모두가 민소를 향해 고개를 돌렸습니다.

"어떻게 하고 싶어, 저런 어마어마한 녀석을?"

민소가 그렇게 되물었습니다. 모두의 시선이 그쪽으로 쏠려 있었습니다. 그러자 가마틀이 그 광경을 보고는 민소를 향해 성큼성큼 다가오는 것이었습니다.

그때서야 포위망이 살짝 뒤로 물러섰습니다. 하지만 민소는 꿈쩍도 하지 않았습니다. 오른쪽 허리춤에는, 어쩌면 가마틀의 중장갑을 뚫을 수 있을지도 모르는 총알이 장전된 권총이 매달려 있었지만, 민소는 그쪽으로 손을 뻗을 생각이 전혀 없었습니다.

한 발 한 발 민소를 향해 다가오는 가마틀. 마침내 손을 뻗으면 닿을 만큼 가까운 거리에 이르렀을 때 가마틀이 갑자기 팔을 들어올렸습니다. 왼팔이 아닌 오른팔을. 그 오른팔이 민소의 얼굴을 겨냥하고 있었습니다. 마치 한 방에 날려버리기라도 할 것처럼. 주위에 있던 특별수사팀 요원 몇 사람이 들고 있던 무기를 가마틀에게 겨누었지만, 사실 그건 전혀 의미 없는 동작이었습니다. 가마틀의 오른팔이 싸움에 사용되는 걸 본 사람은 아무도 없었기 때문입니다.

가마틀은 물론 아무 말도 하지 않았습니다. 하지만 민소는 그 동작이 무슨 의미인지 알 것 같았습니다. 깨끗한 오른팔, 손상되거나 무기로 사용된 적 없는 성스러운 무기. 그는 가마틀의 오른손에 쥐어져 있는 그 운명의 손금을 들여다보았습니다. 그리고 모두가 침묵 속에서 지켜보는 가운데, 가마틀을 향해 조심스럽게 손을 내밀었습니다. 물론 그 손도 오른손이었습니다.

그렇게 둘은 악수를 했습니다. 맞잡은 두 손을 위아래로 흔들지는 않았습니다.

'공격할 생각은 없어. 잘 보라고. 이건 당신들이 생각하는 그런 게 아니야.'

'알아. 그리고 수고했어. 결국 잘해낼 줄 알았어.'

그런 말이 오간 것만 같았습니다.

악수가 끝난 다음 민소는 한 걸음 옆으로 비켜섰습니다. 정당한 포기였습니다. 어차피 가마틀을 막아설 수 있을 만한 무기는 전부 사라지고 말았으니 그렇게 비켜섰다고 해서 뭐라고 할 사람은 아무도 없었습니다. 게다가 전쟁 상황이 아니라 검거 상황인 만큼, 결사항전 같은 건 큰 의미가 없었습니다. 고장난 상태든 정상적인 상태든, 아무튼 그 무시무시한 LP13 레이저포가 머리를 겨냥하고 있는 순간이었으니까요.

그러나 그보다 더 중요한 사실은, 그 현장에 서 있던 모든 사람들이 결국 민소와 똑같은 판단을 내리게 되었다는 점이었습니다. 이제 그들은 가마틀을 뒤쫓지 않을 것입니다. 다른 사람이 뒤쫓으려 해도 막아서줄 것입니다. 당분간은. 적어도 몇 달, 어쩌면 몇 년 동안은 그럴 것입니다.

이제 그게 가마틀의 운명입니다. 더 이상은 쫓기지 않을 운명. 그 운명 안에는 분명히 민소도 포함되어 있었습니다.

길이 열렸습니다. 그 길을 통해 가마틀이 유유히 포위망 밖으로 걸어나갔습니다. 그 앞에는 중부 스페인의 메마른 황야가 펼쳐져 있었습니다. 하지만 가마틀의 발걸음이 향하는 곳이 언제까지나 황야일 거라고 믿는 사람은 아무도 없었습니다.

민소를 포함한 UES 특별수사팀 요원들은 멀어져가는 가마틀의 뒷모습을 오래오래 말없이 바라보았습니다. 민소가 주위를 돌아보며 말했습니다.

"잘 봐둬. 이제 영영 볼 일 없을 거야."

해피엔딩

결혼식은 올리지 않았습니다. 귀찮아질 일이 한두 개가 아니었거든요. 대신 휴가를 모아서 여행을 갔습니다. 하지만 굳이 신혼여행이라고 부르지는 않기로 했습니다. 그것 역시 귀찮아질 일이 한두 가지가 아니었으니까요.

구름 위를 날아가는 비행기 안에서 은수가 민소에게 물었습니다.

"가마틀은 찾았대? 무슨 소식 없어?"

민소는 고개를 저었습니다.

"진짜로 없는 거야, 아니면 뭔가 있는데 기밀이랍시고 말을 안 하는 거야?"

"아무 소식도 없어. 잠적했나봐."

"에이, 한 번 더 납치됐으면 좋겠는데. 원래 이런 거, 한 번 하고 끝나는 게 아니고 꾸준히 관리를 해줘야 되거든. 따로 연락이 닿거나 위치추적 같은 거 되는 거 아냐? 우연히 길에서 만난 것처럼 할 수 있는데."

"지금보다 더 좋아지려고?"

"그럼 좋지."

민소는 은수의 얼굴을 가만히 들여다보았습니다. 잡티 하나 없이 맑고 깨끗한 얼굴. 가마틀의 오른팔에 장착된 무시무시한 레이저포의 위력이었습니다.

그는 가마틀을 떠올렸습니다. 레이저포 LP13의 핵심 부품. 워낙 고가인 데다 그나마도 공급이 원활하지 않아서 일부는 암시장에서 구할 수밖에 없었다는 그 부품.

그동안 가마틀 사건의 구체적인 발생 경위가 하나하나 자세히 밝혀지고 있었습니다. 유통과정이 워낙 복잡했던 나머지, 그 과정에서 이름만 같고 내용은 전혀 다른 부품 하나가 프라하 공장에 납품됐다고 했습니다. 더 자세히 조사를 해보니, 검수 과정에서 분명히 하자발생 보고가 올라갔지만 마드리드 공격

날짜가 갑자기 앞당겨지는 바람에 마음이 급해진 미야지마 상이 그 보고를 무시하고 그만 '일괄승인명령'을 내려버렸다고도 하고요. 바로 그 순간 가마틀의 기구한 운명 또한 정해지고 말았습니다. 세상에서 제일 강인한 전사가 아니라, 저녁노을을 사랑하고 말수가 적은 지구 최초의 로봇 피부관리사로 살아갈 운명이.

가마틀은 결국 기계몸의 운명에 완전히 순응하지도, 그렇다고 그 기계몸에서 가장 중요한 오른손의 운명을 완전히 거부하지도 않았습니다. 오른손으로 인해 엇나가기 시작한 운명. 어쩌면 그 고민은 아직도 완전히 끝나지 않았을지도 모릅니다. 반드시 끝내야만 하는 고민은 아니었으니까요. 만약 그 고민이 끝나는 순간이 온다면, 그때부터 가마틀은 로봇이 아니라 기계로 불리게 되지 않을까요?

은수는 별로 좋아하지 않았지만 민소는 모처럼 한가롭게 휴가를 떠난 와중에도 이따금씩 두고 온 일이 잘 진행되고 있는지 확인하기 위해 은수 몰래 컴퓨터를 열어보곤 했습니다. 그때도 마찬가지였습니다. 비행기 바로 옆자리에 앉아 있던 은수가 아주 잠깐 잠이 든 사이, 민소는 이런 사건 파일을 들여다보고 있었거든요.

"한밤중은 아니었어요. 열두 시 조금 안 됐을 땐데, 그쪽은 낮에도 원래 사람이 별로 안 다니는 데였거든요. 일을 마치고 혼자서 집으로 가고 있는데 갑자기 덩치가 이만한 사람이 나타나더니 아무 말도 하지 않고 저를 납치해가는 거예요. 저항할 수 없을 만큼 힘이 장사였으니까 아마 마을 사람은 아니었을 거예요……"

민소는 사건이 발생한 장소를 확인했습니다. 아직 한 번도 모습을 나타낸 적이 없던 곳, 칠레 산티아고였습니다. 참 멀리도 갔다 싶은 생각이 들었습니다.

공식적으로 가마틀은 실종상태였습니다.

"스페인에서 특별수사팀의 포위망을 벗어난 이후 완전히 종적을 감춘 것으로 보임. 아마도 세상이 바뀔 때까지 기나긴 잠에 빠져들 것으로 추정됨."

그것이 지표면연합 사령부 특별수사팀의 공식입장이었습니다. 물론 그 말은 사실이 아니었습니다.

진실은 이렇습니다. 민소를 포함한 몇몇 사람들만 알고 있는 진실. 일탈한 로봇 가마틀과, 그의 위대한 오른팔에 관한 전설.

지금도 이 세상 어딘가에서는 주로 어두운 밤길을 혼자 걷는 여성들을 노리는 무시무시한 범죄자가 오른손에 치명적인 무기를 장착한 채 그림자 속에 숨어서 다음 사냥감이 나타나기만을 기다리며 매서운 눈매를 번뜩이고 있을 것입니다. 그들의 피부를 완벽하게 관리해주기 위해서 말이죠.

그것 역시 가마틀의 입장에서는 좀 억울하게 들리겠지만, 민소는 그렇게 해서라도 가마틀의 정체를 숨기는 편이 낫겠다고 생각했습니다. 가마틀은 위대한 로봇이었고, 세상은 아직 그 위대함을 받아들일 만큼 자라 있지 않았으니까요. 하지만 가마틀을 만난 피해자들은 마지막에 가서는 꼭 이런 말을 덧붙이곤 했답니다.

"다시 한 번 만나고 싶어요. 만나서 꼭 해주고 싶은 말이 있어요."

세상의 그런 오해를 뒤로하고 가마틀은 머나먼 여정을 이어가고 있었습니다. 영원히 끝나지 않을 이야기, 어쩌면 끝나지 않아도 좋을 이야기, 나로 인해 바뀌고 나로 인해 완성되어갈 삶이라는 이야기를 계속 써나가기 위해서.

민소는 고개를 돌려 잠들어 있는 은수의 얼굴을 가만히 들여다보았습니다. 그러자 잠들어 있는 줄 알았던 은수가 눈도 뜨지 않은 채 이렇게 말했습니다.

"그렇게 좋아?"

"응?"

"그만 봐. 닳아."

"응."

은수가 손을 내밀어 민소의 손을 꼭 잡았습니다. 비행기가 살짝 날개를 흔들었습니다.

인간성을 갖게 되는 로봇 이야기에 기시감이 드는 건 자연스러운 일이다. 그러니 '이상한데?' 하면서 고개를 갸웃거릴 필요는 없다. 그런 이야기는 이미 어마어마하게 많아서 상투적이거나 참신하지 않다고 평할 수준을 이미 훌쩍 넘어서 있기 때문이다. 그럼에도 이 분야의 작가들이 수십 년간이나 이 문제를 붙들고 있다는 건 인간성의 문제가 그만큼 중요한 주제라는 의미로 받아들이면 좋을 것이다.

그러므로 이런 이야기를 읽을 때 특히 관심을 기울여야 할 부분은, 기계가 인간성을 갖게 되는 순간의 경이로움 자체가 아니라, 어떻게 기계가 인간성을 갖게 되었는가에 대한 작가의 해석일 것이다. 그 계기에 대한 해석이 곧 '인간이란 무엇인가' 혹은

'자아란 무엇인가'에 대한 작가의 입장이다. 로봇 이야기에는 그런 식으로 인간이 반영된다.

우리는 어떻게 태어났을까? 세상에 태어나 문득 스스로를 바라보게 된 순간 어떻게 생긴 자아와 어떻게 생긴 몸이 '나'의 많은 부분을 구성하고 있었던가. 또한 그 두 가지가 내 기대와 맞지 않았을 때, 세상은 우리에게 어떤 모험을 제시했던가. 맨 처음 모험의 길이 펼쳐졌던 인생의 어느 순간에 우리는 과연 그 여정을 감당할 만큼의 용기와 적당한 정도의 위대함, 그리고 인간성을 갖추고 있었던가. 이 책이 던지는 질문은 그런 것들이다.

하지만 로봇 가마틀의 이야기를 성장소설로 부르고 싶지는 않다. 많은 경우에, 성장해야 할 것은 자아가 아니라 세계일지도 모른다. 가마틀의 강인함을 가지지 못할 타인에게 자기 몫의 성장을 강요하지 말기를. 이런 경우에 성장은 셀프서비스다. 독서도 마찬가지. 그게 바로 가마틀의 방식이다.

2014년 7월

배명훈

배명훈　2005년 〈스마트 D〉로 과학기술창작문에 단편 부문에 당선돼 작품 활동을 시작했다. 작품으로 연작소설 《타워》, 소설집 《안녕, 인공존재!》《총통각하》, 장편소설 《신의 궤도》《은닉》《청혼》, 동화 《끼익끼익의 아주 중대한 임무》 등이 있다. 주류문학과 장르문학의 경계를 자유롭게 넘나드는 작가로 평가받으며 한국문학에 신선한 바람을 일으키고 있다.

은행나무 노벨라 01
가마틀 스타일

1판 1쇄 인쇄 2014년 7월 31일
1판 1쇄 발행 2014년 8월 6일

지은이 · 배명훈
펴낸이 · 주연선

책임 편집 · 강건모
편집 · 이진희 백다흠 이경란 오가진 윤이든
디자인 · 김서영 손혜영
마케팅 · 장병수 김한밀 정재은
관리 · 김두만 구진아 유효정

도서출판 은행나무
121-839 서울특별시 마포구 양화로11길 52
전화 · 02)3143-0651~3 | 팩스 · 02)3143-0654
등록번호 · 제 10-1522호(1997. 12. 12)
www.ehbook.co.kr
ehbook@ehbook.co.kr

잘못된 책은 바꿔드립니다.

ISBN 978-89-5660-790-0 03810